Der seltsame Fall des Dr. Jekyll und Mr. Hyde

Robert Louis Stevenson

Der seltsame Fall des Dr. Jekyll und Mr. Hyde

eClassica

– Bibliografische Information der Deutschen Nationalbibliothek –
Die Deutsche Nationalbibliothek verzeichnet diese Publikation in
der Deutschen Nationalbibliografie; detaillierte bibliografische Daten
sind im Internet über http://dnb.d-nb.de abrufbar.

IMPRESSUM

ISBN: 978-3744818315
ROBERT LOUIS STEVENSON
DER SELTSAME FALL DES DR. JEKYLL UND MR. HYDE
Originalausgabe 12/2018 (Print); 04/2013 (eBook); © eClassica®
Übersetzt von Grete Rambach
Lektorat: Richard Steinheimer
Endlektorat und Umschlaggestaltung: *textkompetenz.net*
Herausgeber: eClassica | eClassica@aurabooks.de
Gesetzt aus der Garamond
Herstellung und Verlag: BoD – Books on Demand, Norderstedt
Dieses Buch gibt es auch als eBook,
z.B. im amazon Kindle Bookshop.

INHALT

ÜBER DAS BUCH

MIT DER SPANNENDEN GESCHICHTE von Dr. Jekyll und Mr. Hyde gelang Robert Louis Stevenson (1850–1894) ein Geniestreich. Sie gehört heute zu den Klassikern des Gruselgenres, genau wie ›Frankenstein‹, ›Dracula‹ oder ›Der Golem‹, und wurde unzählige Male verfilmt.

Was die Geschichte so universell verständlich macht, ist das Grundmotiv: Der Mensch, ringend zwischen seinen Polen, der guten und wohltätigen Seite einerseits, und der dunklen, bösen und gemeinen Seite andererseits. Hier allerdings nicht sinnbildlich, sondern manifest: Das Böse bricht sich körperlich Bahn, in Gestalt des Mr. Hyde, in den sich Jekyll verwandelt, nachdem er ein lange ausgetüfteltes Geheimpulver zu sich nimmt. Wie zu erwarten, gerät die Sache außer Kontrolle ...

Im Jahr 1886, Stevenson lebte damals in Bournemouth, Südengland, entstand diese Schauernovelle, die vom authentischen Fall des Deacon William Brodie, einem Kunsttischler aus dem Edinburgh des 16. Jahrhunderts, inspiriert ist. Dieser war tagsüber ein angesehener Handwerker, trieb jedoch nachts als Verbrecher sein Unwesen. Stevenson sagte später, die Idee zur Novelle sei ihm durch einen Albtraum gekommen – möglicherweise angefeuert durch das opiumhaltige Laudanum, das bei der Lungenkrankheit, unter der er litt, häufig verabreicht wurde.

Das Buch war vom Start weg ein großer Verkaufserfolg. In Großbritannien wurden schon innerhalb der ersten sechs Monate 40.000 Exemplare verkauft; es folgte eine Lizenzausgabe in den USA und Übersetzungen in viele Sprachen. Bis heute werden immer wieder Adaptionen des Stoffes für Film und Fernsehen realisiert.

ÜBER DEN AUTOR

ROBERT LOUIS STEVENSON (1850–1894) war ein schottischer Schriftsteller des viktorianischen Zeitalters. Er verfasste ein umfangreiches Werk von Reiseerzählungen und Abenteuerliteratur – am bekanntesten sind ›*Die Schatzinsel*‹ und die Horrorgeschichte ›*Der seltsame Fall des Dr. Jekyll und Mr. Hyde*‹. Beide Romane sind heute noch populär und wurden vielfach verfilmt und anderweitig adaptiert. 1890 wanderte Stevenson mit einem Teil seiner Familie in die Südsee aus, auf die Insel Samoa; dort ließ er sich in wilder Natur eine Villa errichten. Bereits im Alter von 44 Jahren starb Robert Louis Stevenson jedoch an Tuberkulose in seiner Villa ›Vailima‹ am Fuße des Mount Vaea – an dessen Spitze sich sein Grab befindet.

Die Geschichte der Tür

DER RECHTSANWALT Utterson hatte ein zerfurchtes Gesicht, über das nie ein Lächeln huschte; er war kühl, wortkarg und verlegen in der Unterhaltung, schwerfällig in Gefühlsangelegenheiten, lang, hager, verstaubt und farblos – und doch irgendwie liebenswert. Kam er mit Freunden zusammen und war der Wein nach seinem Geschmack, so leuchtete aus seinem Blick etwas ungemein Menschliches – etwas, das sich beileibe nie in seine Rede verirrt hätte, das aber nicht nur bei solchen Gelegenheiten aus den Zügen seines Gesichtes, sondern öfter und deutlicher noch im Leben aus seinen Handlungen sprach. Er war hart gegen sich selbst, trank, wenn er allein war, Wacholderschnaps, um seine Schwäche für edlen Wein zu unterdrücken, und war, obgleich er eine Vorliebe fürs Theater hatte, seit zwanzig Jahren in keinem gewesen.

Dabei war er voll Duldsamkeit gegen andere, ja bestaunte, manchmal fast neidisch, das Draufgängertum, das ihre Missetaten beseelte, und war im Notfall eher zu helfen als zu tadeln bereit. »Ich neige zu Kains ketzerischer Ansicht«, pflegte er bedächtig zu sagen: »Ich lasse meinen Nächsten zur Hölle fahren, wie es ihm beliebt.« Daher war es häufig sein Schicksal, dass er die letzte achtbare Bekanntschaft und der letzte gute Einfluss im Leben von Menschen war, die sich auf abschüssiger Bahn befanden. Und gerade sie ließ er auch nicht den Schatten eines veränderten Benehmens merken, solange sie bei ihm aus und ein gingen.

Allerdings war dies kein Kunststück für Mr. Utterson, denn er war von Natur aus zurückhaltend und auch seine Freundschaften schienen in einer ähnlich gutmütigen Vorurteilslosigkeit begründet zu sein. Es ist das Kennzeichen eines bescheidenen Mannes, dass er seinen Freundeskreis fix und fertig aus den Händen der Vorsehung entgegennimmt, und so erging es dem Rechtsanwalt. Seine Freunde waren Verwandte oder Leute, die er schon lange kannte. Seine Zuneigungen waren mit der Zeit gewachsen, gleich Efeu, und machten keinen Anspruch auf Tauglichkeit des Objekts. Daraus erwuchs zweifellos auch das Band, das ihn mit Mr. Richard Enfield, einem entfernten Verwandten und stadtbekannten Mann, verknüpfte. Vielen war es ein Rätsel, was diese beiden zueinander zog oder was sie wohl für gemeinsame Interessen haben mochten. Leute, die ihnen auf ihren Sonntagsspaziergängen begegneten, wussten zu berichten, dass sie nichts miteinander sprachen, außerordentlich gelangweilt dreinschauten und mit offensichtlicher Erleichterung das Erscheinen eines Dritten begrüßten. Dabei aber legten beide Männer den größten Wert auf diese Ausflüge, betrachteten sie als Höhepunkt der Woche und gingen, um sie ungestört genießen zu können, nicht nur Vergnügungen aus dem Wege, sondern ließen auch Geschäft Geschäft sein.

Auf einem dieser Streifzüge geschah es, dass ihr Weg sie durch eine Seitenstraße in ein Geschäftsviertel Londons führte. Es war eine schmale, sogenannte ruhige Straße, in der jedoch an Werktagen ein ersprießlicher Handel getrieben wurde. Ihren Bewohnern ging es anscheinend gut, und alle strebten danach, dass es ihnen noch besser ginge. Was ihnen vom Gewinn übrig blieb, legten sie in der Verschönerung ihrer Häuser an, sodass die Läden dieser Durchgangsstraße etwas Einladendes an sich hatten, gleich einer Reihe lächelnder Verkäuferinnen. Selbst sonntags, wenn sie ihre wahren Reize verbarg und verhältnismäßig menschenleer dalag, wirkte die Straße im Gegensatz zu ihrer schmutzigen Nachbarschaft wie ein weißer Rabe und bestach mit ihren frisch angestrichenen Rollläden und blankpolierten Messingschildern, ihrer allgemeinen Sauberkeit und einer gewissen heiteren Note sofort die Augen der Vorübergehenden und erregte ihr Wohlgefallen.

Zwei Häuser hinter einer Kreuzung wurde die Straßenfront linker Hand, und zwar nach Osten, von einem Hofeingang unterbrochen, und dort ragte der Giebel eines düsteren Gebäudes über die Straße empor. Es war zwei Stockwerke hoch, hatte keine Fenster, nur eine Tür im unteren Stockwerk und darüber eine leere, missfarbene Wand und trug allenthalben den Stempel jahrelanger Verkommenheit und Vernachlässigung. Die Tür, an der man vergeblich nach Klingel und Klopfer gesucht hätte, war verwittert und schmutzig. Landstreicher fanden Unterschlupf in der Mauernische und entzündeten ihre Streichhölzer an den Türfüllungen, Kinder spielten auf den Stufen Kaufladen; Schuljungen bearbeiteten die Gesimse mit ihren Taschenmessern, und seit fast einem Menschenalter war niemand gekommen, der diese Zufallsgäste vertrieben oder ihre Spuren beseitigt hätte.

Mr. Enfield und der Anwalt gingen auf der anderen Seite der Straße, und als sie sich dem Eingang gegenüber befanden, hob Mr. Enfield seinen Stock und wies hinüber.

»Haben Sie jemals die Tür dort bemerkt?« fragte er und fuhr, als der andere genickt hatte, fort: »Sie ist in meiner Erinnerung mit einer äußerst seltsamen Geschichte verknüpft.«

»So?« sagte Mr. Utterson mit leichtem Schwanken in der Stimme, »und was war das?«

»Das war so«, berichtete Mr. Enfield: »In einer schwarzen Winternacht gegen drei Uhr kam ich vom anderen Ende der Stadt und wollte nach Hause. Mein Weg führte mich durch einen Stadtteil, in dem buchstäblich nichts anderes zu sehen war als Laternen. Weit und breit – die Leute schliefen alle – waren die Straßen wie für eine Prozession erleuchtet und still wie eine Kirche, und schließlich geriet ich in den Zustand, in dem man sein Gehör anstrengt und immerfort lauscht und anfängt, sich nach dem Anblick eines Schutzmannes zu sehnen. – Auf einmal sah ich zwei Gestalten: Die eine, ein sehr gedrungener Mann, der mit schnellen, schweren Schritten in östlicher Richtung dahinging, und die andere, ein Mädchen von etwa acht bis zehn Jahren, das, so schnell es konnte, eine Querstraße heruntergelaufen kam.

Die beiden prallten natürlich an der Ecke aufeinander; und jetzt kommt das Schreckliche an der Sache: Der Mann schritt ruhig über den Körper des Kindes hinweg und ließ es schreiend am Boden liegen. Wenn man das hört, klingt es nach gar nichts; aber es war gräulich anzusehen. Das war kein Mensch, das war wie ein unheimliches Fabelwesen, das alles niedertritt, was sich ihm in den Weg stellt. – Ich rief ihn an, lief ihm nach, ergriff den Burschen beim Kragen und brachte ihn zu der Stelle zurück, wo sich bereits eine Gruppe um das schreiende Kind gebildet hatte. Er war vollkommen ruhig und leistete keinen Widerstand, doch streifte er mich mit einem so widerwärtigen Blick, dass mir der kalte Schweiß ausbrach. Die Leute auf der Straße waren die Verwandten des Mädchens, und bald darauf erschien auch der Arzt, von dem es vorhin gekommen war.

Nun, dem Kinde war nichts weiter geschehen; es war, nach des Knochensägers Aussagen, mehr erschrocken – und jetzt werden Sie wahrscheinlich denken, dass die Geschichte zu Ende ist. Aber da war ein merkwürdiger Umstand. Mich hatte auf den ersten Blick ein heftiger Widerwille gegen den Mann gepackt, genauso ging es der Familie des Kindes, was nur natürlich war; was mich jedoch aufs Äußerste erstaunte, war das Verhalten des Doktors. Er war der übliche Feld-, Wald- und Wiesen-Apotheker, dessen Alter ebenso unbestimmbar war wie seine Haarfarbe, sprach starken Edinburgher Dialekt und hatte so ungefähr das Temperament einer Dudelsack-pfeife. Nun, ihm erging es nicht anders als uns allen; jedesmal, wenn der Knochenklempner nach meinem Gefangenen hinblickte, merkte ich, dass es ihm rot vor Augen wurde, in dem Wunsch, ihn zu töten. Ich wusste, was in ihm vorging, genauso wie er es von mir wusste, und da Totschlagen nicht in Frage kam, taten wir das Nächstbeste. Wir sagten dem Mann, dass wir von dieser Sache ein solches Aufhebens machen wollten und würden, dass sein Name von einem Ende Londons bis zum andern gen Himmel stinken wollte. Wenn er irgendwelche Freunde und Kredit besäße, so wollten wir dafür sorgen, dass er sie verlor. Und während wir das, weißglühend vor Wut, auf ihn niederprasseln ließen, wehrten wir, so gut wir konnten, die Frauen von ihm ab, denn sie waren wild wie Furien.

Ich habe nie einen Kreis von so hasserfüllten Gesichtern gesehen, und in ihrer Mitte stand der Mann mit finsterer, ja spöttischer Kaltblütigkeit, obgleich er selbst erschrocken war – das konnte ich sehen –, doch wusste er das teuflisch gut zu verbergen. »Wenn Sie Kapital aus dieser Begebenheit zu schlagen gedenken«, sagte er, »so bin ich natürlich machtlos. Jeder Ehrenmann wünscht einen Skandal zu vermeiden, nennen Sie Ihre Forderungen!« Wir verlangten hundert Pfund für die Familie des Kindes. Er hätte sich sicher gern darum gedrückt, doch es lag etwas über uns allen, das nichts Gutes verhieß, darum gab er schließlich nach.

Nun hieß es, das Geld zu bekommen, und denken Sie sich, da führte er uns zu eben jener Tür dort, zog einen Schlüssel aus der Tasche, ging hinein und kam kurz darauf mit zehn Pfund in Gold und einem Scheck über die Restsumme auf eine Bank zurück. Der Scheck lautete auf den Überbringer und war mit einem Namen unterzeichnet, den ich nicht nennen kann, obgleich er einer der springenden Punkte meiner Geschichte ist; jedenfalls war es ein wohlbekannter Name, den man häufig gedruckt liest. Es war eine große Summe, aber die Unterschrift bürgte für noch mehr – vorausgesetzt, dass sie echt war. Ich nahm mir die Freiheit, den Mann darauf hinzuweisen, dass die ganze Sache einen höchst zweifelhaften Eindruck mache, denn im gewöhnlichen Leben gehe kein Mensch nachts um vier in eine Kellertür und komme mit dem Scheck eines anderen Mannes über annähernd hundert Pfund wieder heraus. Er war aber ganz unbesorgt und lächelte spöttisch. ›Beruhigen Sie sich‹, sagte er, ›ich werde bei Ihnen bleiben, bis die Bank geöffnet wird, und den Scheck selbst einlösen.‹ So machten wir uns alle auf, der Arzt, der Vater des Kindes, unser ›Freund‹ und ich, und verbrachten den Rest der Nacht in meiner Wohnung. Am Morgen, als wir gefrühstückt hatten, gingen wir dann gemeinschaftlich zur Bank. Ich gab den Scheck eigenhändig ab und bemerkte dazu, ich hätte allen Grund anzunehmen, dass es eine Fälschung sei. – Aber nicht die Spur! Der Scheck war echt!!«

»Na, na«, meinte Mr. Utterson.

»Ich sehe, Sie haben das gleiche Gefühl wie ich«, sagte Mr. Enfield.

»Ja, es ist eine tolle Geschichte, denn der Mann war ein Bursche, mit dem man nichts zu tun haben möchte – ein ganz verbotener Kerl, und der Aussteller des Schecks ist der Inbegriff der Wohlanständigkeit, geradezu bekannt dafür und, was das Schlimmste ist, einer der Leute, die viel Gutes tun. Ich taxiere: Erpressung! Ein ehrenwerter Mann, der für irgendeine Jugend-Eselei blechen muss. Erpresserhaus nenne ich seither das Gebäude mit der Tür. Obgleich auch das bei Weitem nicht alles erklärt«, fügte er hinzu und verfiel darauf in tiefes Nachdenken.

Mr. Utterson rief ihn in die Wirklichkeit zurück, indem er etwas plötzlich fragte: »Und Sie wissen nicht, ob der Aussteller des Schecks hier wohnt?« »Der Ort scheint mir nicht recht geeignet zu sein«, entgegnete Mr. Enfield. »Nein, zufällig weiß ich seine Adresse; er wohnt irgendwo anders.«

»Und haben Sie nie nachgeforscht, was es mit dem Haus mit der Tür auf sich hat?« fragte Mr. Utterson.

»Nein, ich scheute mich davor«, war die Antwort. »Ich vermeide nach Möglichkeit, Fragen zu stellen, es erinnert zu sehr an das Jüngste Gericht. Wenn Sie eine Frage aufwerfen, so ist es, als ob Sie an einen Stein stoßen. Sie sitzen ganz ruhig oben auf einem Berg, und der Stein gerät ins Rollen und reißt andere mit sich, und plötzlich wird irgendein biederer alter Knabe – an den Sie am allerwenigsten gedacht hätten –, während er arglos in seinem Garten sitzt, am Kopf getroffen, und die Familie muss sich nach einem neuen Ernährer umsehen. Nein, ich habe es mir zur Regel gemacht: Je mehr ich Unrat wittere, desto weniger frage ich.«

»Das ist ein sehr guter Grundsatz«, sagte der Anwalt.

»Doch habe ich die Örtlichkeit auf eigene Faust untersucht«, fuhr Mr. Enfield fort. »Man kann es kaum ein Haus nennen. Es existiert keine andere Tür, und durch diese geht niemand aus noch ein, außer in großen Zeitabständen der Held meines Abenteuers. Im ersten Stock befinden sich drei Fenster, die nach dem Hof gehen, unten ist keins. Die Fenster sind immer geschlossen, doch sind sie sauber. Und dann ist da noch ein Schornstein, der gewöhnlich raucht, also muss jemand dort wohnen, aber auch das ist nicht sicher, denn die Häuser kleben in dem Hof so dicht aneinander, dass es schwer zu sagen ist, wo das eine aufhört und das andere anfängt.«

Die beiden Männer gingen eine Weile schweigend nebeneinander her, dann sagte Mr. Utterson: »Enfield, das ist ein guter Grundsatz, den Sie da haben.«

»Das glaube ich auch«, entgegnete Enfield.

»Und doch«, fuhr der Anwalt fort«, möchte ich Sie etwas fragen: Ich möchte den Namen des Mannes wissen, der über das Kind weggeschritten ist.«

»Nun«, meinte Mr. Enfield, »ich trage keine Bedenken. Es war ein Mann namens Hyde.«

»Hm«, machte Mr. Utterson. »Was für eine Sorte Mensch ist er dem Äußeren nach?«

»Es ist nicht leicht, ihn zu beschreiben. Irgendetwas haftet seiner Erscheinung an, etwas Unangenehmes, ja geradezu Verabscheuenswürdiges. Ich habe nie einen Menschen gesehen, gegen den ich eine solche Abneigung empfunden hätte, und weiß doch kaum, warum. Er muss irgendwie verwachsen sein, jedenfalls hat man bei ihm ausgesprochen das Gefühl von Missgestaltung, obgleich sie sich nicht näher bestimmen lässt. Sein Aussehen ist außergewöhnlich, und doch kann ich nichts anführen, was aus dem Rahmen fällt. Nein, es geht nicht! Ich kann ihn einfach nicht beschreiben. Dabei ist es nicht mangelndes Erinnerungsvermögen, denn ich sehe ihn noch deutlich vor mir.«

Wieder schritt Mr. Utterson schweigend weiter, sichtlich in Betrachtungen vertieft. »Sind Sie sicher, dass er einen Schlüssel hatte?« fragte er endlich.

»Aber, mein Lieber ...«, begann Enfield sehr überrascht.

»Ja, ich weiß«, sagte Utterson, »ich weiß, es muss seltsam anmuten. Der Grund, warum ich nicht nach dem Namen des anderen Beteiligten frage, ist, dass ich ihn bereits weiß. Sie sehen, Richard, Ihre Geschichte hat ihn mir verraten. Und wenn Sie in irgendeinem Punkt nicht ganz genau waren, so sollten Sie es lieber richtigstellen.«

»Sie hätten mir eigentlich einen Wink geben können«, entgegnete der andere mit einem Anflug von Verstimmung. »Übrigens war ich pedantisch genau wie Sie es nennen. Der

Bursche hatte einen Schlüssel, und, was wichtiger ist, er hat ihn noch. Ich habe gesehen, wie er ihn vor kaum einer Woche benutzt hat.«

Mr. Utterson seufzte tief, doch sprach er kein Wort weiter, und der junge Mann nahm das Gespräch wieder auf.

»Das war wieder eine Lehre für mich, den Mund zu halten. Ich schäme mich wegen meiner Schwatzhaftigkeit. Wir wollen nie wieder hierauf zurückkommen. Abgemacht?«

»Von Herzen gern«, sagte der Anwalt. »Da haben Sie meine Hand darauf, Richard!«

AUF DER SUCHE NACH MR. HYDE

AN JENEM ABEND kehrte Mr. Utterson in gedrückter Stimmung in seine Junggesellenwohnung zurück und setzte sich ohne Appetit zu Tisch. Sonntags war es sonst seine Gewohnheit, sich nach beendeter Mahlzeit mit irgendeiner trockenen, theologischen Schrift auf dem Lesepult dicht neben den Kamin zu setzen, bis die Uhr der benachbarten Kirche zwölf schlug, um dann mit klarem Kopf und dankerfülltem Herzen zu Bett zu gehen. Heute aber nahm er, kaum dass der Tisch abgeräumt war, eine Kerze zur Hand und ging in sein Büro. Dort öffnete er den Geldschrank, entnahm dem Geheimfach ein Dokument, das auf dem Umschlag als Dr. Jekylls Testament bezeichnet war, und setzte sich mit gefurchter Stirn nieder, um dessen Inhalt zu studieren.

Das Testament war von dem Doktor selbstständig abgefasst worden, denn Mr. Utterson hatte sich geweigert, bei seiner Abfassung auch nur im Geringsten mitzuwirken, wenn er es auch später in Verwahrung genommen hatte. Es bestimmte, dass die Besitztümer von Henry Jekyll, Dr. med., Dr. jur., Mitglied der Königlichen Akademie usw., im Fall seines Todes an seinen ›Freund und Wohltäter Edward Hyde‹ übergehen sollten. Ferner besagte es, dass im Fall von Dr. Jekylls ›Verschwinden oder unerklärbarer Abwesenheit, falls sie drei Kalendermonate überschritte‹, besagter Edward Hyde Henry Jekylls Rechtsnachfolger werden sollte, und zwar ohne weiteren Verzug und ohne dass ihm andere Verpflichtungen daraus erwachsen sollten als die Zahlung einiger kleiner Summen an Hausangestellte des Doktors.

Dieses Dokument war dem Rechtsanwalt schon lange ein Dorn im Auge. Es verletzte ihn gleicherweise als Juristen wie als Menschen, der alles Vernünftige und Herkömmliche im Leben liebte und im Phantastischen etwas Unschickliches sah.

Bis dahin hatte die Tatsache, dass er nichts über Mr. Hyde wusste, seinen Unwillen erregt, nun tat das mit einem Schlage der Umstand, *dass* er etwas über ihn erfahren hatte. Es war schon schlimm gewesen, als der Name ihm nichts als ein bloßer Name war, der ihm nichts sagte. Schlimmer wurde es nun, da sich ihm mit dem Namen die Vorstellung von etwas Verabscheuenswürdigem verband. Und plötzlich fiel es ihm wie Schuppen von den Augen, und es erwuchs in ihm die Gewissheit, es mit einem Teufel zu tun zu haben.

»Ich hatte es für Wahnsinn gehalten«, sagte er, als er das ominöse Schriftstück in den Geldschrank zurücklegte, »aber jetzt fange ich an zu fürchten, dass etwas Ehrenrühriges dahintersteckt.«

Dann blies er die Kerze aus, zog einen Mantel an und machte sich auf den Weg nach Cavendish Square, der Hochburg der medizinischen Wissenschaft, wo sein Freund, der berühmte Dr. Lanyon, wohnte und seine zahlreichen Patienten empfing. Er sagte sich: »Wenn irgendjemand Bescheid weiß, so ist es Lanyon.«

Der würdige Diener, der ihn kannte, ließ ihn eintreten und führte ihn ohne weitere Förmlichkeiten ins Esszimmer, wo Dr. Lanyon allein bei seinem Glase Wein saß. Er war ein liebenswürdiger, gesunder, rotbackiger, feiner Herr, mit frühzeitig ergrautem Haar und lautem, sicherem Auftreten.

Beim Anblick von Mr. Utterson sprang er von seinem Stuhl auf und hieß ihn mit ausgestreckten Händen willkommen. Die Herzlichkeit, die dem Manne eigen war, erschien auf den ersten Blick theatralisch, doch entsprang sie echtem Gefühl. Denn die beiden waren alte Freunde und Kameraden von der Schule und der Universität her, beide hatten Achtung vor sich selbst und voreinander und, was nicht immer daraus folgt, waren sehr gern beieinander.

Nachdem sie über dies und jenes geplaudert hatten, kam der Anwalt auf den Gegenstand zu sprechen, der seinen Geist so stark beschäftigte und bedrückte.

»Wenn ich es mir überlege, Lanyon«, sagte er, »sind wir beide, du und ich, die ältesten Freunde, die Henry Jekyll hat.«

»Ich wollte, die Freunde wären jünger«, scherzte Dr. Lanyon. »Aber es wird schon stimmen. Wie kommst du darauf? Ich sehe ihn jetzt selten.«

»So?« meinte der Anwalt. »Ich dachte, ihr hättet gemeinsame Interessen.«

»Die hatten wir«, lautete die Antwort. »Doch schon vor mehr als zehn Jahren wurde mir Henry Jekyll zu phantastisch. Er geriet auf Irrwege, auf geistige Irrwege, möchte ich sagen, und obgleich ich mich natürlich um alter Zeiten willen weiter für ihn interessiere, höre und sehe ich doch verdammt wenig von ihm. Solch unwissenschaftliches Gewäsch hätte selbst Damon und Pythias[1] auseinandergebracht«, fügte der Doktor heftig hinzu und bekam plötzlich einen roten Kopf.

Dieser kleine Temperamentausbruch brachte Mr. Utterson eine gewisse Erleichterung. ›Sie stimmen nur über eine wissenschaftliche Frage nicht überein‹ dachte er, und da er selbst keine wissenschaftlichen Passionen hatte (außer in juristischen Dingen), fügte er für sich sogar hinzu: ›Gut, dass es nichts Schlimmeres ist.‹ Er ließ seinem Freunde Zeit, sich zu beruhigen, und stellte ihm dann die Frage, derentwegen er gekommen war. »Bist du je einem Protegé von ihm begegnet – einem gewissen Hyde?« – »Hyde?« wiederholte Lanyon. »Nein. Nie was von ihm gehört, jedenfalls nicht zu meiner Zeit.«

---

[1] *Damon und Phytias: Figuren der griech. Antike, die für Freundschaft und Treue stehen.*

Das war alles, was der Anwalt an Aufklärungen mit nach Hause und in sein großes düsteres Bett nahm, in dem er sich von einer Seite auf die andere warf, bis aus der Nacht ein neuer Morgen wurde. Diese Nacht war keine Erquickung für seinen arbeitenden Geist, der in völliger Dunkelheit von quälenden Fragen bestürmt wurde.

Von der so angenehm nahe liegenden Kirche schlug es sechs, und immer noch grübelte er über das Problem nach. Hatte es bisher nur seinen Verstand beschäftigt, so fing es jetzt an, seine Phantasie zu erregen und gefangenzunehmen, und während er sich in der Dunkelheit der Nacht hinter dichtverhangenen Fenstern in seinem Bett hin und her wälzte, rollten die Einzelheiten von Mr. Enfields Erzählung wie grell beleuchtete Bilder vor seinem inneren Auge ab.

So sah er die endlose Reihe von Laternen in der nächtlichen Stadt, sah die Gestalt eines eilig daherkommenden Mannes und das Kind, das vom Arzt gelaufen kam, sah, wie beide zusammenstießen und wie jener Teufel in Menschengestalt das Kind niedertrat und ungerührt von seinem Geschrei seinen Weg fortsetzte. Oder er sah ein Zimmer in einem vornehmen Hause, in dem sein Freund im Schlafe lag und im Traume lächelte. – Die Tür öffnet sich, die Bettvorhänge werden beiseite geschoben, der Schläfer erwacht – und da – am Bett steht eine Gestalt, ein Mann, dem Macht über ihn gegeben ist, und selbst zu dieser nächtlichen Stunde muss er aufstehen und tun, was er von ihm verlangt. –

In dieser zwiefachen Gestalt verfolgte der Unbekannte den Anwalt die ganze Nacht hindurch; und wenn er wirklich einmal einschlummerte, so sah er ihn nur noch spukhafter durch schlafende Häuser gleiten oder noch schneller und immer schneller, ja schwindelerregend schnell durch Labyrinthe von erleuchteten Straßen laufen und an jeder Ecke ein Kind niederrennen und schreiend liegenlassen. Und doch hatte die

Gestalt kein Gesicht, an dem er sie hätte erkennen können; nicht einmal in seinen Träumen hatte sie ein Gesicht oder doch nur eins, das ihn verwirrte und sich vor seinen Augen in Nebel auflöste. Und da entstand im Bewusstsein des Anwalts und wuchs zusehends ein eigenartig starkes, ja fast ausschweifendes Verlangen, die Gesichtszüge des wirklichen Mr. Hyde zu schauen. Wenn er ihn – so glaubte er – erst einmal mit eigenen Augen sehen könnte, würde sich das Geheimnis lichten oder vielleicht überhaupt in Nichts zerfließen, so wie es mit geheimnisvollen Dingen geschieht, wenn man ihnen auf den Grund geht. Er würde dann vielleicht eine Erklärung für seines Freundes seltsame Zuneigung oder Knechtschaft (oder wie man es sonst nennen mochte) und selbst für die seltsamen Klauseln des Testamentes finden. Zum Mindesten würde es ein Gesicht sein, das zu betrachten sich lohnen musste, das Gesicht eines Mannes, der kein Mitleid kennt – ein Gesicht, dessen bloßer Anblick genügt hatte, um in dem nicht leicht zu beeinflussenden Gemüt von Enfield das Gefühl unauslöschlichen Hasses zu erwecken.

Von jenem Zeitpunkt an begann Mr. Utterson die Tür in der kleinen Ladenstraße zu überwachen. Morgens, vor den Bürostunden, mittags, auch wenn er viel zu tun und wenig Zeit hatte, bei Nacht, angesichts des verschwommenen Großstadtmondes, bei jeder Beleuchtung und zu allen Zeiten, einerlei, ob die Straße einsam dalag oder ob sie belebt war, immer konnte man den Anwalt auf seinem selbstgewählten Posten antreffen.

›Wenn Mr. Hyde sich verbergen will‹, so sagte er sich, ›so werde ich ihn eben suchen.‹

Und schließlich wurde seine Geduld belohnt. Es war eine schöne, windstille Frostnacht, die Straßen waren glatt und sauber wie ein Tanzboden, auf den die Laternen ein regelmäßiges Muster von Licht und Schatten zauberten. Um zehn Uhr, nach Ladenschluss, lag die Seitenstraße einsam da, und obgleich London ringsumher leise brodelte, war es sehr still. Kleinste Laute wurden wahrgenommen, alltägliche Geräusche in den Häusern waren auf beiden Seiten der Straße zu vernehmen, und der Lärm, der von einem nahenden Fußgänger verursacht wurde, eilte ihm längere Zeit voraus. Mr. Utterson stand erst einige Minuten auf seinem Posten, als er bemerkte, dass ein seltsam leichter Schritt näher kam. – Im Lauf seiner nächtlichen Streifzüge hatte er sich längst an die eigenartige Wirkung gewöhnt, die hervorgerufen wird, wenn sich der Klang der Schritte eines einzelnen Menschen plötzlich, obgleich er noch ein gutes Stück entfernt ist, aus dem allgemeinen Gesumm und Geräusch der Großstadt herauslöst. Und doch war seine Aufmerksamkeit nie zuvor so entschieden und zwingend wachgerufen worden, und mit einer starken, fast abergläubischen Zuversicht auf Erfolg zog er sich in den Eingang zum Hof zurück.

Die Schritte kamen schnell näher und erklangen plötzlich lauter, als sie um die Ecke bogen. Der Anwalt konnte von seinem Versteck aus bald sehen, mit welcher Sorte Mensch er es zu tun hatte. Er war gedrungen und klein, einfach gekleidet, und sein Aussehen ging dem Beobachter, selbst aus dieser Entfernung, irgendwie stark gegen den Strich. Er ging geradewegs auf die Tür zu und zwar schräg über die Fahrbahn, um Zeit zu sparen, und zog im Gehen einen Schlüssel aus der Tasche, wie einer, der sich seinem Hause nähert.

Mr. Utterson trat vor und berührte seine Schulter, als er vorbeigehen wollte.

»Mr. Hyde, nicht wahr?«

Mr. Hyde fuhr zurück und zog hörbar den Atem ein. Doch sein Schreck ging bald vorüber, und, obgleich er dem Anwalt nicht ins Auge sah, versetzte er ziemlich gelassen: »So heiße ich. Was wünschen Sie?«

»Sie wollen dort hineingehen, wie ich sehe«, erwiderte der Anwalt. »Ich bin ein alter Freund von Dr. Jekyll – Mr. Utterson aus Gaunt Street –, Sie werden meinen Namen sicher gehört haben; und da es sich so günstig trifft, dachte ich, Sie könnten mich hineinlassen.«

»Sie würden Dr. Jekyll nicht antreffen, er ist nicht zu Hause«, entgegnete Mr. Hyde, indem er den Schlüssel ins Schloss steckte. Und plötzlich, jedoch ohne aufzublicken: »Woher kennen Sie mich?«

»Würden Sie mir«, sagte Mr. Utterson, »Ihrerseits einen Gefallen erweisen?«

»Mit Vergnügen«, versetzte der andere. »Was soll ich tun?«

»Würden Sie mich Ihr Gesicht sehen lassen?« fragte der Anwalt.

Mr. Hyde schien zu zögern, um ihm dann, wie auf Grund einer plötzlichen Überlegung, mit trotziger Gebärde sein Gesicht darzubieten, und die beiden sahen sich einige Sekunden lang starr in die Augen. »Jetzt werde ich Sie wiedererkennen«, sagte Mr. Utterson. »Das könnte von Nutzen sein.« »Ja«, gab Mr. Hyde zu, »es ist ganz gut, dass wir uns getroffen haben. Übrigens wäre es vielleicht nützlich, wenn Sie meine Adresse hätten.«

Und er gab ihm die Nummer einer Straße in Soho an.

›Großer Gott!‹ dachte Mr. Utterson, ›ist es möglich, dass auch er an das Testament gedacht hat?‹ Doch behielt er seine Gedanken für sich und murmelte nur einen Dank für die Adresse.

»Und nun«, sagte der andere, »woher kannten Sie mich?«

»Nach einer Beschreibung«, war die Antwort.

»Wessen Beschreibung?«

»Wir haben gemeinsame Freunde«, sagte Mr. Utterson.

»Gemeinsame Freunde?« wiederholte Mr. Hyde ein wenig heiser. »Welche?«

»Zum Beispiel Jekyll«, sagte der Anwalt.

»Der hat Ihnen nichts erzählt«, rief Mr. Hyde mit einem Anflug von Ärger. »Ich hätte nicht geglaubt, dass Sie mich anlügen würden.«

»Nun, nun«, sagte Mr. Utterson, »solche Sprache schickt sich nicht.«

Der andere brach in wildes Gelächter aus, hatte im nächsten Augenblick mit unglaublicher Geschwindigkeit die Tür geöffnet und war im Innern des Hauses verschwunden.

Nachdem Mr. Hyde ihn verlassen hatte, blieb der Anwalt noch eine Weile stehen – ein Bild der Unruhe. Dann ging er langsam die Straße hinauf, hielt aber alle paar Augenblicke den Schritt an und griff sich mit der Hand an die Stirn, wie ein Mensch, der sich in völliger Ratlosigkeit befindet. Das Problem, mit dem er sich beim Gehen auseinandersetzte, gehörte zu denen, die selten gelöst werden. – Mr. Hyde war blass und von kleinem Wuchs, er machte den Eindruck von Missgestaltung, obgleich er nicht eigentlich verwachsen war, sein Lächeln war unangenehm, sein Benehmen dem Anwalt gegenüber eine ekelhafte Mischung von Schüchternheit und Dreistigkeit, und seine Stimme war heiser, zischelnd und brüchig.

All das sprach gegen ihn, und doch konnte alles zusammengenommen nicht den unbegreiflichen Abscheu, ja den Widerwillen und die Furcht erklären, die Mr. Utterson ihm gegenüber empfand. ›Dahinter muss noch etwas anderes stecken‹, sagte sich der bestürzte Anwalt. ›Und da ist noch etwas, wenn ich es nur beim Namen nennen könnte. Bei Gott, der Mann scheint nichts Menschliches an sich zu haben! Etwas von einem Höhlenbewohner, möchte ich sagen. Oder ist es der bloße Widerschein eines ruchlosen Charakters, der auf diese Weise seine wahre Wesensart offenbart und Gestalt gewinnt? Dies Letztere wird es sein; denn ach, mein armer alter Henry Jekyll, wenn je ein Antlitz vom Satan gezeichnet war, so ist es das deines neuen Freundes!«

Wenn man von der Nebenstraße aus um die Ecke bog, kam man an einen Platz mit alten schönen Häusern, die jetzt größtenteils ihre einstige vornehme Bestimmung verleugneten und etagen- und zimmerweise an Menschen jeden Standes und jeder Art vermietet wurden; an Landkartenzeichner, Architekten, Winkeladvokaten und Leute, die zweifelhafte Geschäfte betrieben. Ein Haus jedoch, das zweite von der Ecke, war noch im Ganzen bewohnt und wies, obgleich es in Dunkelheit getaucht und nur von der Straße aus schwach beleuchtet war, unverkennbare Spuren von Wohlhabenheit und Behäbigkeit auf. Mr. Utterson blieb an der Tür stehen und klopfte. Ein älterer livrierter Diener öffnete.

»Ist Dr. Jekyll zu Hause, Poole?« fragte der Anwalt. »Ich werde nachsehen, Mr. Utterson«, sagte Poole; dabei führte er den Gast in eine große, gemütliche, niedrige Halle, die mit Fliesen ausgelegt war. Sie wurde von einem hellflackernden, offenen Kaminfeuer erwärmt, wie man es in Landhäusern antrifft, und war mit kostbaren Eichenmöbeln eingerichtet. »Wollen Sie hier am Kamin Platz nehmen, gnädiger Herr, oder soll ich im Esszimmer Licht machen?«

»Danke, ich warte hier«, sagte der Anwalt, näherte sich dem Feuer und lehnte sich an das hohe Kamingitter.

Diese Halle, in der er nun allein zurückblieb, war eine besondere Liebhaberei seines Freundes, und Utterson selbst pflegte sie als den angenehmsten Aufenthaltsraum in London zu bezeichnen. Doch heute Nacht war sein Blut erregt; das Gesicht von Hyde lastete schwer auf seiner Erinnerung, und er verspürte was ihm selten widerfuhr – etwas wie Übelkeit und

Lebensüberdruss. Aus seiner düsteren Stimmung heraus glaubte er in dem flackernden Feuerschein, der über die blanken Möbel huschte, und in dem ruhelosen Spiel der Schatten an der Decke eine Drohung zu erkennen und atmete zu seiner eigenen Beschämung erleichtert auf, als Poole zurückkehrte und ihm meldete, dass Dr. Jekyll ausgegangen sei.

»Ich sah Mr. Hyde durch die Tür des alten Sezierraums hineingehen, Poole«, sagte er. »Hat das seine Richtigkeit, wenn Dr. Jekyll nicht da ist?«

»Vollkommen, Mr. Utterson«, erwiderte der Diener. »Mr. Hyde hat den Schlüssel.«

»Ihr Herr scheint diesem jungen Mann sehr viel Vertrauen zu schenken«, meinte der andere nachdenklich.

»Ja, gnädiger Herr, das tut er«, sagte Poole. »Wir alle haben Order, ihm zu gehorchen.«

»Meines Wissens habe ich Mr. Hyde niemals hier getroffen?« fragte Utterson.

»O nein, gnädiger Herr. Er speist nie hier«, entgegnete der Diener. »Auch wir sehen ihn sehr selten in diesem Teil des Hauses; er kommt und geht meistenteils durch das Laboratorium.«

»Na, dann gute Nacht, Poole.«

»Gute Nacht, Mr. Utterson.«

Und der Anwalt machte sich schweren Herzens auf den Heimweg. Armer Henry Jekyll, dachte er, mein Gefühl sagt mir, dass er sich in Not befindet. In seiner Jugend war er ausschweifend; zwar ist das schon lange her, aber vor Gott gilt keine Verjährung. Ja, das wird es sein, das Gespenst irgendeiner alten Sünde, das schleichende Gift eines geheimgehaltenen Vergehens! Nachdem die Schuld dem Gedächtnis seit Jahren entschwunden und von der Eigenliebe längst verziehen ist, kommt pede claudo[2] die Strafe. Durch diesen Gedanken aufgerüttelt, grübelte der Anwalt eine Zeitlang über seine eigene Vergangenheit nach und kramte in allen Fächern seiner Erinnerung herum, ob nicht am Ende irgendwo der Spukteufel einer alten Missetat ans Licht käme. Seine Vergangenheit war nahezu untadelig, nur wenige Menschen konnten, wie er, ohne Besorgnis in den Seiten ihres Lebensbuches blättern, und doch erfüllte ihn das wenige Schlechte, das er getan hatte, mit Demut und Reue, so wie es ihm andererseits eine ängstliche scheue Genugtuung gewährte, dass er manches Böse vermieden hatte, obgleich er nahe daran gewesen war, es zu tun. Und als er sich wieder dem Ausgangspunkt seiner Betrachtungen zuwandte, glaubte er klarer zu sehen.

Dieser junge Hyde, dachte er, muss, falls er ein gelehrter Mann ist, persönliche Geheimnisse haben; schwarze Geheimnisse, nach seinem Aussehen zu schließen – Geheimnisse, mit denen verglichen die schlimmsten von dem armen Jekyll so hell wie die Sonne wären. Jedenfalls darf es so nicht weitergehen. Es überläuft mich eiskalt bei dem Gedanken, dass sich diese Kreatur wie ein Dieb an Henrys Bett schleicht. Armer Henry, welch ein Erwachen! Und welche Gefahr! Denn, wenn dieser Hyde die Existenz des Testamentes ahnt, so könnte er es mit dem Erben eilig haben. – Ja, ich muss dem Rad in die Speichen greifen – wenn Jekyll es mir nur erlaubt, wenn Jekyll es mir nur erlaubt. Denn wieder sah er vor seinem geistigen Auge klar und deutlich die seltsamen Bestimmungen des Testamentes.

---

[2] *Lateinisch: ›Hinkenden Fußes‹, nachträglich*

DR. JEKYLL IST GANZ UNBEFANGEN

VIERZEHN TAGE SPÄTER – es traf sich ausgezeichnet – gab der Doktor eins seiner beliebten Diners, zu dem fünf oder sechs alte Bekannte geladen waren, kluge und angesehene Männer und allesamt gute Weinkenner, und Mr. Utterson wusste es so einzurichten, dass er noch blieb, als die andern gegangen waren. Dies war nichts Besonderes, sondern hatte sich im Lauf der Zeiten zur Gewohnheit herausgebildet. Wo Utterson beliebt war, da war er sehr beliebt.

Gastgeber hielten den trockenen Juristen gern noch zurück, wenn sich die Vergnügungssüchtigen und Schwatzhaften verabschiedeten und liebten es, sich noch eine Weile seiner unaufdringlichen Gesellschaft zu erfreuen, um den Übergang zum Alleinsein zu finden und angesichts der Ruhe dieses seltenen Mannes nach all dem Aufwand und den Anstrengungen der Geselligkeit ihren klaren Kopf zurückzugewinnen. Dr. Jekyll bildete keine Ausnahme von dieser Regel, und als er seinem Freunde am Kamin gegenübersaß – ein großer, wohlgebauter Fünfziger mit glattem Gesicht, vielleicht mit einem kleinen Zug von Verschlagenheit darin, jedoch ausgesprochen klug und gutherzig –, konnte man ihm ansehen, dass er für Mr. Utterson eine aufrichtige und herzliche Zuneigung empfand.

»Ich hatte das Bedürfnis, mit dir zu sprechen, Jekyll«, begann der Anwalt. »Es handelt sich um dein Testament.«

Ein aufmerksamer Beobachter hätte bemerken können, dass das Thema dem Doktor unerwünscht war, doch griff er es willig auf.

»Mein armer Utterson«, sagte er, »du hast kein Glück mit deinem Klienten. Ich habe nie einen Menschen so betrübt gesehen, wie du es über mein Testament warst, außer vielleicht den engherzigen Pedanten Lanyon über das, was er meine wissenschaftlichen Ketzereien nannte. Ja, ja, ich weiß, er ist ein lieber Kerl – du brauchst die Stirn nicht zu runzeln –, ein vortrefflicher Mensch, ich nehme mir immer vor, ihn öfter zu sehen, aber doch ein engherziger Pedant! Ein unwissender, eifernder Pedant! Ich war nie so enttäuscht von einem Menschen wie von Lanyon.«

»Wie du weißt, war ich nie einverstanden damit«, fuhr Utterson fort, indem er die neue Wendung des Gespräches geflissentlich nicht beachtete.

»Mit meinem Testament? Ja, natürlich weiß ich das«, sagte der Doktor mit einem Anflug von Schärfe. »Du hast es mir ja gesagt.«

»Nun, dann sage ich es dir noch einmal«, versetzte der Anwalt. »Ich habe etwas von dem jungen Hyde erfahren.«

Das große, schöne Gesicht von Dr. Jekyll erblasste bis in die Lippen, und seine Augen wurden ganz schwarz. »Ich will nichts weiter davon hören«, sagte er. »Ich dächte, wir wären übereingekommen, diesen Gegenstand nicht mehr zu berühren.«

»Was ich gehört habe, war abscheulich«, fuhr Utterson fort.

»Das ändert nichts daran. Du kannst dich nicht in meine Lage versetzen«, entgegnete der Doktor, scheinbar ohne Zusammenhang. »Sie ist sehr peinlich, ja, meine Lage ist äußerst seltsam – äußerst seltsam. Das ist eine Angelegenheit, die durch Worte nicht geklärt werden kann.«

»Jekyll«, sagte Utterson, »du kennst mich: Ich bin ein Mann, auf den man sich verlassen kann. Erleichtere dein Herz, indem du mir Vertrauen schenkst, und ich zweifle nicht daran, dass ich dir helfen kann.«

»Guter Utterson«, sagte der Doktor, »das ist sehr nett von dir, das ist ganz außerordentlich nett von dir, und ich weiß nicht, wie ich dir danken soll. Ich glaube dir durchaus; ich würde dir mehr vertrauen, als jedem anderen Menschen, ja mehr als mir selbst, wenn ich die Wahl hätte. Aber es ist nicht so, wie du es dir denkst, so schlimm ist es nicht, und um dein gutes Herz zu beruhigen, will ich dir eins verraten: In demselben Augenblick, da ich es will, kann ich Mr. Hyde los sein. Ich gebe dir meine Hand darauf und danke dir von Herzen. Und noch etwas möchte ich hinzufügen und weiß, dass du es richtig auffassen wirst: Dies ist eine ganz private Angelegenheit, und ich bitte dich, sie ruhen zu lassen.«

Utterson sah ins Feuer und überlegte.

»Ich bin überzeugt, dass du vollkommen recht hast« sagte er schließlich und stand auf.

»Schön, aber da wir die Sache einmal berührt haben – hoffentlich zum letzten Mal«, fuhr der Doktor fort, »möchte ich dir gern noch etwas begreiflich machen. Ich interessiere mich tatsächlich sehr für den armen Hyde. Ich weiß, dass du ihn gesehen hast, er hat es mir erzählt, und ich fürchte, er war grob zu dir. Aber, du kannst es mir glauben, ich interessiere mich wirklich stark, sehr stark für den jungen Mann, und wenn ich einmal nicht mehr bin, Utterson, so musst du mir versprechen, dich seiner anzunehmen und ihm zu seinem Recht zu verhelfen. Ich weiß, du würdest es tun, wenn du alles wüsstest, und du würdest mir eine Zentnerlast vom Herzen nehmen, wenn du mir das Versprechen geben wolltest.«

»Ich müsste lügen, wenn ich sagte, dass er mir jemals sympathisch sein wird«, entgegnete der Anwalt.

»Das verlange ich gar nicht«, meinte Jekyll und legte seine Hand bittend auf des andern Arm. »Ich fordere nur Gerechtigkeit, ich bitte dich nur, ihm um meinetwillen zu helfen, wenn ich nicht mehr bin.«

Utterson konnte einen tiefen Seufzer nicht unterdrücken. »Nun gut«, sagte er, »ich verspreche es dir.«

DIE ERMORDUNG VON SIR DANVERS CAREW

FAST EIN JAHR SPÄTER, im Oktober 18..., wurde London durch ein Verbrechen von ungewöhnlicher Bestialität erschreckt, ein Verbrechen, das durch die angesehene Stellung des Opfers noch an Bedeutung gewann. Man erfuhr nur spärliche, aufsehenerregende Einzelheiten. – Ein Dienstmädchen, das allein in einem Hause nahe am Fluss wohnte, war gegen elf Uhr in ihr oben gelegenes Zimmer gegangen, um sich schlafen zu legen. Obgleich in den frühen Abendstunden die Stadt im Nebel gelegen hatte, war der Himmel zu Beginn der Nacht wolkenlos, und der Weg vor des Mädchens Fenster wurde vom Vollmond hell beschienen.

Offenbar romantisch veranlagt, setzte sie sich auf ihren Koffer, der unmittelbar am Fenster stand und verfiel in einen träumerischen Zustand. Nie (so pflegte sie unter strömenden Tränen zu sagen, wenn sie ihr Erlebnis erzählte), nie hatte sie sich so voll Frieden mit aller Welt gefühlt und so gut von den Menschen gedacht. Als sie so saß, erblickte sie einen gutaussehenden alten Herrn mit weißem Haar, der den Weg entlangkam. Und ihm entgegen kam ein anderer, sehr kleiner Herr, den sie anfangs weniger beachtete. Als sie in Hörweite voneinander gekommen waren (was gerade unter des Mädchens Fenster war), verbeugte sich der ältere und redete den anderen mit ausgesuchter Höflichkeit an. Der Inhalt seiner Worte schien von keiner besonderen Bedeutung zu sein, ja, nach seiner Handbewegung zu schließen, schien er nur nach dem Weg zu fragen.

Der Mond schien ihm ins Gesicht, während er sprach, und das Mädchen betrachtete es mit Wohlgefallen, denn es strahlte eine unschuldsvolle, altfränkische Güte des Wesens aus und gleichzeitig etwas Hoheitsvolles, wie begründete Selbstzufriedenheit. Als sie sich dem andern zuwandte, war sie überrascht, in ihm einen gewissen Mr. Hyde zu erkennen, der einmal ihre Herrschaft besucht und der ihr Missfallen erregt hatte. In der Hand trug er einen schweren Stock, den er hin- und her schwang. Er antwortete kein Wort und schien mit schlecht verhehlter Ungeduld zuzuhören. Und plötzlich geriet er in furchtbare Wut, stampfte mit den Füßen, erhob drohend den Stock und gebärdete sich (wie das Mädchen es beschrieb) wie ein Tollwütiger. Der alte Herr trat einen Schritt zurück mit der Miene eines Menschen, der sehr überrascht und ein wenig beleidigt ist, und da fielen von Mr. Hyde alle Hemmungen ab, und er schlug ihn mit dem Stock nieder. Im nächsten Augenblick trampelte er mit affenartiger Wut auf seinem Opfer herum und bearbeitete es mit einem Hagel von Hieben, unter denen die Knochen hörbar zerbrachen und der Körper auf der Straße hin und her geworfen wurde. Das Entsetzen über den Anblick und die Geräusche raubten dem Mädchen die Besinnung.

Es war zwei Uhr, als sie wieder zu sich kam und die Polizei holte. Der Mörder war längst entkommen, aber sein Opfer lag, schauerlich verstümmelt, mitten auf dem Weg. Der Stock, mit dem die Tat begangen worden war, obgleich aus einem seltenen, sehr harten und festen Holz, war unter der Wucht der wahnsinnigen Schläge mitten durchgebrochen, und die eine zersplitterte Hälfte war in die nahe Gosse gerollt – die andere war zweifellos vom Mörder mitgenommen worden. Eine Geldbörse und eine goldene Uhr wurden bei dem Opfer gefunden, aber weder Visitenkarten noch Papiere, nur ein gesiegelter und frankierter Brief, den er wahrscheinlich zur Post hatte bringen wollen und der den Namen und die Adresse von Mr. Utterson trug. Dieser wurde dem Anwalt am nächsten Morgen gebracht, bevor er aufgestanden war, und als er ihn gesehen und die näheren Umstände des Verbrechens erfahren hatte, machte er ein sehr nachdenkliches Gesicht.

»Ich kann nichts sagen, bevor ich die Leiche gesehen habe«, meinte er, »doch halte ich den Fall für sehr ernst. Wollen Sie bitte warten, bis ich fertig bin.« Und mit derselben nachdenklichen Miene verzehrte er hastig sein Frühstück und fuhr mit zur Polizeiwache, wohin die Leiche geschafft worden war. Als er die Zelle betrat, nickte er mit dem Kopf:

»Ja«, bemerkte er, »ich erkenne ihn. Ich muss Ihnen leider sagen, dass das Sir Danvers Carew ist.« – »Großer Gott«, rief der Beamte, »wie ist das möglich?« Doch schon im nächsten Augenblick leuchteten seine Augen in beruflichem Ehrgeiz auf. »Das wird viel Staub aufwirbeln«, sagte er, »und vielleicht können Sie uns behilflich sein, den Mörder aufzuspüren.« Darauf berichtete er in Kürze, was das Mädchen gesehen hatte, und zeigte den zerbrochenen Stock.

Mr. Utterson hatte schon davor gezittert, den Namen Hyde zu hören, aber als ihm nun der Stock vorgelegt wurde, konnte er nicht länger zweifeln – obgleich er zerbrochen und beschädigt war, erkannte er in ihm ein Geschenk, das er selbst Henry Jekyll vor Jahren gemacht hatte.

»Ist dieser Mr. Hyde ein Mann von kleinem Wuchs?« fragte er.

»Auffallend klein und von ausgesprochen niederträchtigem Gesichtsausdruck, wie das Mädchen aussagt«, entgegnete der Beamte.

Mr. Utterson überlegte, dann blickte er auf und sagte: »Ich glaube, ich kann Sie zu seiner Wohnung führen, wenn Sie in meinem Wagen mitkommen wollen.«

Es war inzwischen etwa neun Uhr morgens, und der erste Herbstnebel senkte sich herab. Der Himmel war wie mit einem großen, bräunlich gefärbten Leichentuch verhangen, aber der Wind fuhr fortwährend in die zusammengeballten Schwaden und verscheuchte sie, sodass Mr. Utterson, während der Wagen durch die Straßen fuhr, eine verwunderliche Menge von

Abstufungen und Färbungen des Dämmerlichts wahrnehmen konnte. Einmal war es schwarz wie hereinbrechende Nacht, dann wieder leuchtete es in düster gelblichbraunem Glanz, wie der Widerschein einer fernen Feuersbrunst, und dann teilte sich der Nebel ganz plötzlich für eine Sekunde, und ein Stück fahlen Tageslichts blickte aus den jagenden Wolken hervor.

In diesen wechselnden Beleuchtungen erschien dem Anwalt der düstere Stadtteil Soho mit seinen schmutzigen Straßen, den verwahrlosten Bewohnern und den Laternen, die entweder noch gar nicht ausgelöscht oder schon wieder angezündet worden waren, um gegen diesen traurigen erneuten Einfall der Dunkelheit zu kämpfen, wie das Bild einer schreckhaft im Traum geschauten Stadt. Zudem befand er sich in denkbar düsterer Gemütsverfassung, und wenn er einen Blick auf seine Begleiter warf, überkam ihn etwas von dem Grauen vor dem Gesetz und seinen Vollstreckern, das auch den ehrenhaftesten Mann zuzeiten befallen kann.

Als der Wagen vor dem bezeichneten Hause hielt, lichtete sich der Nebel gerade und ließ ihn eine schmutzige Straße, eine Destille, ein elendes französisches Speisehaus und eine Bude erkennen, in der billige Zeitschriften und verschiedene Salate in Groschenportionen feilgeboten wurden. Unmengen von zerlumpten Kindern drängten sich in den Torwegen, und Frauen verschiedener Nationalitäten holten sich, mit dem Hausschlüssel in der Hand, ihren morgendlichen Schnaps. Im nächsten Augenblick senkte sich der schmutzig braune Nebel wieder über das Bild und schnitt den Anwalt von seiner trostlosen Umgebung ab. Hier also war der Günstling Henry Jekylls zu Hause, der künftige Erbe einer Viertelmillion Pfund Sterling!

Eine alte Frau mit elfenbeinfarbigem Gesicht und silber-weißem Haar öffnete die Tür. Der Ausdruck von Bosheit in ihrem Gesicht verkroch sich hinter einer Maske von Heuchelei, und ihr Benehmen war zuvorkommend. Jawohl, sagte sie, dies wäre Mr. Hydes Wohnung, aber er sei nicht zu Hause; letzte Nacht wäre er sehr spät gekommen, sei aber nach kaum einer Stunde wieder fortgegangen. Das wäre nichts Besonderes, denn er wäre ein Mann von unregelmäßigen Lebensgewohnheiten und oft abwesend. Gestern zum Beispiel hätte sie ihn nach zwei Monaten zum ersten Mal wieder gesehen.

»Es ist gut«, erwiderte der Anwalt, »wir möchten seine Zimmer sehen«, und als die Frau erklärte, dass das unmöglich sei, fügte er hinzu: »Es ist vielleicht besser, wenn ich Ihnen sage, wer dieser Herr ist. Es ist Inspektor Newcomen von Scotland Yard.«

Über das Gesicht der Frau huschte ein Anflug von Schadenfreude. »Oh«, sagte sie, »er wird gesucht! Was hat er denn getan?«

Mr. Utterson wechselte einen Blick mit dem Inspektor. »Er scheint nicht sehr beliebt zu sein«, bemerkte dieser. »Und nun, gute Frau, lassen Sie den Herrn und mich die Sache hier in Augenschein nehmen!«

Mr. Hyde hatte von dem ganzen Hause, das abgesehen von der alten Frau unbewohnt war, nur zwei Zimmer inne. Doch waren diese mit Luxus und gutem Geschmack eingerichtet. Da war ein mit Wein gefüllter Wandschrank, das Essgeschirr war aus Silber und das Leinenzeug kostbar; ein wertvolles Bild hing an der Wand – wie Mr. Utterson vermutete, ein Geschenk Henry Jekylls, der Kenner auf diesem Gebiet war – und die Teppiche waren schwer und schön in den Farben.

Im Augenblick jedoch boten die Zimmer einen Anblick dar, als ob sie vor Kurzem eilig durchsucht worden wären. Kleidungsstücke lagen – mit den Taschen nach außen gekehrt – auf dem Fußboden umher, verschließbare Schubladen standen offen, und im Kamin befand sich ein Haufen grauer

Asche, als ob ein Stoß Papiere verbrannt worden wäre. Aus der Aschenglut zog der Inspektor das Blockende eines grünen Scheckbuches hervor, das dem Feuer widerstanden hatte, hinter der Tür wurde die andere Hälfte des Stockes gefunden, und der Inspektor war beglückt darüber, weil es seinen Verdacht bestätigte. Noch gesteigert wurde seine Befriedigung durch einen Besuch bei der Bank, wo sich herausstellte, dass sich mehrere tausend Pfund auf dem Konto des Mörders befanden.

»Sie können sich darauf verlassen«, sagte er zu Mr. Utterson, »ich habe ihn in der Hand. Er muss den Kopf verloren haben, sonst hätte er nie im Leben den Stock dagelassen oder gar das Scheckbuch verbrannt. Denn das Geld ist Lebensbedingung für den Mann, und es bleibt uns nur noch übrig, ihn in der Bank zu erwarten und ihm Handschellen anzulegen.«

Das jedoch war nicht so leicht in die Tat umgesetzt; denn Mr. Hyde hatte nur wenige Bekannte – selbst die Herrschaft des Dienstmädchens hatte ihn zur zweimal gesehen. Seine Familie konnte nicht ermittelt werden, es existierte keine Photographie von ihm, und die wenigen, die ihn beschreiben konnten, wichen in ihren Aussagen sehr voneinander ab, wie das bei Durchschnittszeugen der Fall ist. Nur in einem Punkt stimmten sie überein, das war das unheimliche Gefühl von einer unerklärlichen Missgestaltung, das der Flüchtling in jedem hervorrief, der ihn gesehen hatte.

Der Brief

ERST AM SPÄTEN NACHMITTAG fand Mr. Utterson den Weg zu Dr. Jekylls Haus, wo er von Poole sogleich eingelassen und durch die Wirtschaftsräume über einen Hof, der früher einmal ein Garten gewesen war, zu dem Gebäude geführt wurde, das allgemein als Laboratorium oder Seziersaal bekannt war. Der Doktor hatte das Haus von den Erben eines bedeutenden Chirurgen erworben, und da seine Neigungen eher chemischer als anatomischer Natur waren, hatte er das Bauwerk am Ende des Gartens für seine Zwecke hergerichtet.

Es war das erste Mal, dass der Anwalt in diesen Teil von seines Freundes Wohnsitz geführt wurde, und neugierig betrachtete er das düstere fensterlose Gebäude und blickte mit einem unangenehm fremden Gefühl umher, als er den Vorlesungsraum durchschritt. Einst hatten ihn lernbegierige Studenten bevölkert, nun lag er einsam und verlassen da, auf den Tischen standen chemische Apparate herum, der Fußboden war mit Kisten und verstreuter Holzwolle bedeckt, und trübes Licht drang durch die milchige Kuppel. Am entgegengesetzten Ende führten einige Stufen zu einer mit einem roten Relief ausgeschlagenen Tür, durch die Mr. Utterson endlich in des Doktors Arbeitszimmer eingelassen wurde.

Dies war ein mit Glasschränken ausgestatteter, großer Raum, dessen drei staubige, vergitterte Fenster nach dem Hof gingen und in dem sich unter anderem ein drehbarer Toilettenspiegel und ein Schreibtisch befanden. Im Kamin brannte ein Feuer, und auf dem Sims stand eine brennende Lampe, denn der Nebel war bis ins Innere der Häuser gedrungen.

Und dort, dicht am Feuer, saß Dr. Jekyll – leichenblass. Er stand nicht auf, als der Besucher eintrat, streckte ihm nur eine eiskalte Hand entgegen und hieß ihn mit veränderter Stimme willkommen.

Sobald Poole sie allein gelassen hatte, fragte Mr. Utterson: »Du hast die Neuigkeit gehört?«

Der Doktor schauerte zusammen. »Sie haben es draußen auf dem Platz ausgeschrien«, erwiderte er. »Ich konnte es bis in mein Esszimmer hören.« – »Vor allem eins«, sagte der Anwalt, »Carew war mein Klient, aber du bist es ebenfalls, darum möchte ich wissen, was ich zu tun habe. Du bist doch nicht etwa so wahnsinnig gewesen, den Burschen zu verbergen?«

»Utterson«, schrie der Doktor, »beim allmächtigen Gott schwöre ich es dir, er soll mir nie wieder vor die Augen kommen. Ich gebe dir mein Ehrenwort, ich bin fertig mit ihm, solange ich lebe. Es ist alles aus. Im Übrigen braucht er meine Hilfe nicht; du kennst ihn nicht, wie ich ihn kenne; er ist in Sicherheit – in völliger Sicherheit. Glaube meinen Worten, man wird nie wieder etwas von ihm hören.«

Mit gemischten Gefühlen hörte der Anwalt zu; das aufgeregte Wesen seines Freundes gefiel ihm nicht. »Du scheinst seiner sehr sicher zu sein«, meinte er, »und um deinetwillen hoffe ich, dass du recht hast. Wenn es zu einem Prozess käme, würde dein Name darin verwickelt werden.«

»Ich bin seiner ganz sicher«, erwiderte Jekyll, »und zwar habe ich bestimmte Gründe dafür, die ich aber niemand mitteilen kann. Doch in einer Sache brauche ich deinen Rat. Ich habe – ich habe einen Brief erhalten und bin mir nicht schlüssig, ob ich ihn der Polizei vorlegen soll. Ich möchte es ganz dir überlassen, Utterson, ich bin überzeugt, du wirst das Richtige treffen; ich vertraue dir voll und ganz.«

»Wenn ich recht vermute, fürchtest du, es könnte zu seiner Entdeckung führen?« fragte der Anwalt.

»Nein«, versetzte der andere, »ich muss sagen, es lässt mich ganz kalt, was aus Hyde wird; ich bin vollständig fertig mit ihm. Ich dachte an meine eigene Stellung und dass ich in diese abscheuliche Geschichte verwickelt werden könnte.«

Utterson sann eine Weile nach. Die Selbstsucht seines Freundes überraschte ihn, doch erleichterte sie ihn auch wieder.

»Nun gut«, meinte er schließlich, »zeige mir das Schreiben!«

Der Brief war in einer seltsam steilen Schrift geschrieben und ›Edward Hyde‹ unterzeichnet. Er besagte in kurzen Worten, dass der Wohltäter des Schreibers, Dr. Jekyll, dem er seine tausend Wohltaten seit langem übel vergolten hätte, unter keinen Umständen um seine, Mr. Hydes, Sicherheit besorgt zu sein brauche, da ihm Mittel zur Flucht zu Gebote stünden, auf die er sich fest verlassen könnte.

Eigentlich gefiel dem Anwalt dieser Brief. Er zeigte das Verhältnis der beiden in einem besseren Licht, als es ihm erschienen war, und er machte sich im Stillen Vorwürfe wegen seines früheren Argwohns.

»Hast du den Briefumschlag da?« fragte er.

»Den habe ich verbrannt«, versetzte Jekyll, »bevor es mir recht zum Bewusstsein kam. Aber der Brief war nicht frankiert. Das Schreiben ist abgegeben worden.«

»Soll ich es behalten und unter Verschluss nehmen?« fragte Utterson.

»Ich bitte dich, zu tun, was du für gut hältst«, lautete die Antwort. »Ich habe das Vertrauen zu mir verloren.«

»Schön, ich werde darüber nachdenken«, entgegnete der Anwalt. »Und nun noch eins: Hat Hyde dir den Passus über das Verschwinden in deinem Testament diktiert?«

Den Doktor schien eine Schwäche anzuwandeln; er presste die Lippen fest aufeinander und nickte. »Ich wusste es«, sagte Utterson. »Er wollte dich ermorden. Du hast Glück gehabt, dass du dem entgangen bist.«

»Es war viel mehr als Glück,« erwiderte der Doktor in feierlichem Ton: »Es war mir eine Lehre – und, großer Gott, was für eine Lehre, Utterson!« Und er bedeckte sein Gesicht mit den Händen.

Als der Anwalt wegging, wechselte er ein paar Worte mit Poole. »Heute ist ein Brief abgegeben worden; wie sah der Bote aus?«

Aber Poole wusste bestimmt, dass außer mit der Post nichts gekommen war. »Und auch da nur Drucksachen«, fügte er hinzu.

Diese Auskunft erweckte von neuem Mr. Uttersons Verdacht. Offenbar war der Brief durch die Laboratoriumstür gekommen, möglicherweise war er sogar im Arbeitszimmer geschrieben worden, und wenn das der Fall war, so müsste er anders beurteilt und mit mehr Vorsicht behandelt werden. Während er weiterging, schrien sich die Zeitungsjungen auf den Bürgersteigen heiser: »Extrablatt! Grauenerregender Mord an einem Parlamentsmitglied!« Das war der Nachruf für einen seiner Freunde und Klienten, und er konnte sich einer gewissen Besorgnis nicht erwehren, ob nicht der gute Name eines anderen womöglich in den Strudel des Skandals hineingezogen werden würde. Es war zum Mindesten eine schwierige Entscheidung, die er zu treffen hatte, und auf sich selbst gestellt, wie er es durch Gewohnheit war, fing er an, sich nach einem Rat zu sehnen. Nicht, dass er ihn gerade einholen wollte, aber vielleicht – so dachte er – mochte er sich von selbst ergeben.

Und bald darauf saß er neben seinem eigenen Kamin, ihm gegenüber Mr. Guest, sein Bürovorsteher, und zwischen ihnen, in abgemessener Entfernung vom Feuer, stand eine Flasche besonders alten Weines, der schon lange in der dunklen Abgeschlossenheit des Kellers gelagert hatte. Der Nebel hing immer noch schwer über der nächtlichen Stadt, in der die Laternen düster wie Karfunkelsteine glühten, und inmitten dieser dampfenden und qualmenden Schwaden pulsierte wie immer das Leben durch die Adern der Großstadt, mit einem Geräusch, das dem Tosen des Windes glich. Das Zimmer aber war vom Schein des Feuers freundlich erhellt. Der Wein in der Flasche hatte seinen Läuterungsprozess längst vollendet, seine prächtige Färbung hatte sich mit den Jahren vertieft, so wie die Farben der Glasmalereien mit der Zeit immer wärmer werden, und nun war er bereit, die über sanften Weinbergen lagernde Glut heißer Herbstnachmittage, die er eingefangen hatte, der Flasche entsteigen zu lassen und den Londoner Nebel damit zu besiegen.

Unmerklich löste sich des Anwalts Zunge. Vor keinem Menschen hatte er weniger Geheimnisse als vor Mr. Guest, weniger sogar, als er manchmal wünschte. Guest war öfter geschäftlich bei dem Doktor gewesen, er kannte Poole, es war kaum denkbar, dass er nichts von Mr. Hydes bevorzugter Stellung in dem Hause gehört haben sollte, und er konnte Schlussfolgerungen ziehen. War es da nicht ganz gut, ihm einen Brief zu zeigen, der das Geheimnis aufklärte? Und vor allem würde Guest, der ein eifriger Handschriftenforscher und -deuter war, diesen Schritt nicht ganz natürlich und als Gefälligkeit betrachten? Außerdem war der Sekretär ein Mann von Überlegung; er würde kaum ein so seltsames Dokument lesen, ohne eine Bemerkung darüber fallenzulassen, und danach konnte Mr. Utterson dann vielleicht seine spätere Handlungsweise richten.

»Das ist eine traurige Geschichte mit Sir Danvers«, sagte er.

»Allerdings«, entgegnete Guest, »das Mitleid der Öffentlichkeit ist in hohem Maße wachgerufen worden. Der Täter war natürlich wahnsinnig.«

»Ich würde gern Ihre Ansicht darüber hören«, erwiderte Utterson. »Ich habe hier ein Dokument in seiner Handschrift; es bleibt natürlich unter uns, denn ich weiß noch nicht, was ich tun soll. Jedenfalls ist es eine hässliche Geschichte. Aber hier ist es und so recht etwas für Sie: das Autogramm eines Mörders.«

Guests Augen leuchteten auf; er setzte sich sofort hin und studierte es eifrig. »Nein«, äußerte er dann, »wahnsinnig ist er nicht, aber es ist eine sonderbare Handschrift.«

»Und jedenfalls ein sehr sonderbarer Schreiber«, fügte der Anwalt hinzu.

In diesem Augenblick brachte der Diener einen Brief herein.

»Von Dr. Jekyll?« fragte der Sekretär. »Mir kam die Handschrift bekannt vor. Oder ist es etwas Vertrauliches?«

»Nur eine Einladung zum Mittagessen. Warum fragen Sie? Wollen Sie es sehen?«

»Nur einen Augenblick. Ich danke Ihnen«, und der Sekretär legte die beiden Bogen nebeneinander und verglich emsig ihren Inhalt. »Ich danke Ihnen«, sagte er noch einmal, als er beide zurückgab. »Es ist ein sehr interessantes Autogramm.«

Es folgte eine Pause, in der Mr. Utterson sichtlich mit sich kämpfte. »Warum haben Sie sie miteinander verglichen, Guest?« fragte er plötzlich.

»Ja, wissen Sie«, entgegnete der Sekretär, »es existiert da eine eigentümliche Ähnlichkeit. Die beiden Handschriften stimmen in manchen Punkten überein, nur die Richtung ist verschieden.«

»Merkwürdig«, meinte Utterson.

»Da haben Sie recht«, versetzte Guest, »es ist merkwürdig.«

»Ich würde von diesem Schreiben nichts verlauten lassen«, sagte sein Chef.

»Nein«, versetzte der Sekretär. »Ich verstehe.«

Und kaum war Mr. Utterson an jenem Abend allein, so verschloss er das Schreiben in seinen Geldschrank, wo er es im weiteren Verlauf ruhen ließ. ›Wie?‹ dachte er, ›sollte Henry Jekyll um eines Mörders willen zum Fälscher geworden sein?‹ Und das Blut erstarrte ihm in den Adern.

Dr. Lanyons sonderbares Erlebnis

Die Zeit verging. Mehrere tausend Pfund waren als Belohnung ausgesetzt worden, denn Sir Danvers Tod wurde als öffentliche Herausforderung empfunden. Mr. Hyde jedoch war aus dem Gesichtskreis der Polizei verschwunden, als ob er nie existiert hätte. Zwar kam über seine Vergangenheit vieles ans Licht, und alles war ekelhaft. So erzählte man sich von des Mannes rücksichtsloser Grausamkeit, von seiner Heftigkeit und Härte, seinem schlechten Lebenswandel, seinem sonderbaren Umgang und dem Hass, der ihm anscheinend überall in seinem Leben begegnete, aber über seinen gegenwärtigen Aufenthaltsort nicht ein Wort.

Seitdem er am Morgen des Mordes das Haus in Soho verlassen hatte, war er wie ausgelöscht, und allmählich, als die Zeit verstrich, fing Mr. Utterson an, sich von seiner heftigen Bestürzung zu erholen und innerlich ruhiger zu werden. Durch Mr. Hydes Verschwinden war, nach seinem Empfinden, der Tod Sir Danvers mehr als gesühnt. Jetzt, da der schlechte Einfluss nicht mehr vorhanden war, begann für Dr. Jekyll ein neues Leben. Er kam aus seiner Zurückgezogenheit hervor, nahm den Verkehr mit seinen Freunden wieder auf und wurde von neuem ihr vertrauter Gast und Gastgeber. War er früher als barmherzig bekannt gewesen, so zeichnete er sich jetzt nicht weniger durch Frömmigkeit aus. Er war rührig, bewegte sich viel im Freien und verrichtete gute Werke. Der Ausdruck seines Gesichtes schien offener und fröhlicher zu werden, als wenn er sich innerlich eines Gottesdienstes bewusst wäre. Über zwei Monate lang war der Doktor voll inneren Gleichgewichtes.

Am 8. Januar hatte Utterson in kleiner Gesellschaft bei dem Doktor gegessen. Dr. Lanyon war auch da gewesen, und die Blicke des Gastgebers waren von einem zum andern gewandert wie in alten Zeiten, als die Freunde ein unzertrennliches Trio bildeten. Aber am 12. und auch am 14. fand der Anwalt keinen Einlass. »Der Doktor ist ans Haus gefesselt und empfängt niemanden«, sagte Poole. Am 15. machte er wiederum einen Versuch und wurde wieder abgewiesen, und da er sich in den letzten zwei Monaten daran gewöhnt hatte, seinen Freund nahezu täglich zu sehen, begann dessen Rückkehr zur Einsamkeit sein Gemüt zu belasten. Am fünften Abend war Guest bei ihm zum Essen, und am sechsten machte er sich auf den Weg zu Dr. Lanyon.

Dort wurde er wenigstens nicht abgewiesen, doch als er eintrat, war er entsetzt über die Veränderung, die mit dem Doktor vorgegangen war. Das Todesurteil stand ihm auf dem Gesicht geschrieben. Der sonst rosige Mann war blass und zusammengefallen, sein Haar hatte sich merklich gelichtet, und er sah alt aus.

Doch waren es weniger diese Merkmale eines rapiden körperlichen Verfalls, die den Anwalt betroffen machten, als vielmehr sein Augenausdruck und sein Gebaren, die beide von einer schreckensvollen, tiefen Gemütsbewegung zu zeugen schienen. Es war nicht anzunehmen, dass sich der Doktor vor dem Tode fürchtete, und doch fühlte sich Utterson versucht, das zu glauben. ›Natürlich‹, dachte er, ›er ist Arzt, er kennt seinen eigenen Zustand und weiß, dass seine Tage gezählt sind, und diese Erkenntnis ist mehr, als er ertragen kann.‹ Als Utterson jedoch eine Bemerkung über sein schlechtes Aussehen machte, erklärte Lanyon mit dem Ausdruck völliger Gefasstheit, dass er ein verlorener Mann sei.

»Ich habe etwas Furchtbares erlebt«, sagte er, »und werde mich nie wieder davon erholen. Es ist nur noch eine Frage von Wochen. Das Leben war schön, und ich habe es geliebt – ja, ich habe es geliebt. Doch manchmal denke ich, wenn wir alles wüssten, müssten wir eigentlich froh sein, es zu verlassen.«

»Jekyll ist ebenfalls krank«, bemerkte Utterson. »Hast du ihn gesehen?«

Lanyons Gesicht verzerrte sich, und abweisend hob er seine zitternde Hand. »Ich wünsche nichts mehr von Dr. Jekyll zu sehen oder zu hören«, sagte er mit lauter, schwankender Stimme. »Ich bin vollkommen fertig mit dem Mann und ich bitte dich, mich mit jeder Anspielung auf einen, den ich als tot betrachte, zu verschonen.«

»Nun, nun«, versetzte Mr. Utterson und dann nach einer beträchtlichen Pause: »Kann ich irgend etwas tun? Wir sind drei alte Freunde, Lanyon, zu unseren Lebzeiten werden wir keine anderen Freundschaften mehr schließen.«

»Da kann man nichts tun«, entgegnete Lanyon, »frage ihn selbst!«

»Er lässt mich nicht vor«, bemerkte der Anwalt.

»Das überrascht mich nicht«, lautete die Antwort. »Wenn ich tot bin, Utterson, wirst du vielleicht eines Tages alles erfahren. Ich kann es dir nicht sagen. Inzwischen aber, wenn du es fertigbringst, bei mir zu sitzen und von anderen Dingen zu sprechen, so bleibe um Gottes willen hier und tue es, doch wenn du das verwünschte Thema nicht vermeiden kannst, so geh in Gottes Namen weg; denn ich vermag es nicht zu ertragen.«

Sobald Utterson wieder zu Hause war, setzte er sich hin und schrieb an Jekyll; er bedauere, dass man ihn in seinem Hause nicht vorließ, und fragte nach der Ursache des unglückseligen Bruches mit Lanyon. Schon der nächste Tag brachte ihm eine lange Antwort, die zum Teil in sehr pathetischen Worten abgefasst und zum Teil dunkel und geheimnisvoll war. Der Bruch mit Lanyon war unheilbar. »Ich mache unserm alten Freund keinen Vorwurf«, schrieb Jekyll, »doch teile ich seine Auffassung, dass wir uns nie wieder begegnen dürfen. Ich denke fortan ein völlig zurückgezogenes Leben zu führen, und du musst dich nicht wundern oder gar an meiner Freundschaft zweifeln, wenn meine Tür selbst dir oft verschlossen ist. Du musst mich meinen dunklen Weg gehen lassen. Ich habe eine Schuld auf mich geladen und mich einer Gefahr ausgesetzt, die ich nicht nennen kann. Wenn ich ein großer Sünder bin, so bin ich auch ein großer Märtyrer. Ich wusste nicht, dass auf dieser Erde so viel Raum für Leiden und Schrecken vorhanden ist, und du kannst nur eines tun, Utterson, um mir mein Schicksal zu erleichtern, und das ist, mein Schweigen zu achten.«

Utterson war bestürzt. Der dunkle Einfluss von Hyde war von ihm genommen, der Doktor war zu seinen alten Aufgaben und Freundschaften zurückgekehrt, noch vor einer Woche hatte ihm die Aussicht auf einen heiteren und geachteten Lebensabend gelächelt, und nun waren mit einem Schlage Freundschaft, Seelenfrieden und Lebensinhalt zerstört. Ein so großer und unvorhergesehener Umschwung ließ auf Wahnsinn schließen, doch angesichts von Lanyons Benehmen und Worten musste ein tieferer Grund dafür vorhanden sein.

Eine Woche später legte sich Dr. Lanyon nieder, und keine zwei Wochen darauf war er tot. Am Abend nach der Beerdigung, der Utterson in aufrichtiger Trauer beigewohnt hatte, verriegelte er die Tür seines Arbeitszimmers. Er saß beim Schein einer melancholischen Kerze da, holte einen Umschlag hervor, der von der Hand seines toten Freundes adressiert und gesiegelt worden war, und legte ihn vor sich hin.

»Vertraulich: Nur für J. G. Utterson, und im Fall seines vorherigen Ablebens ungelesen zu vernichten«, so war ausdrücklich darauf vermerkt, und der Anwalt fürchtete sich, den Inhalt kennenzulernen. ›Einen Freund habe ich heute begraben‹, dachte er, ›wenn mich nun dies den anderen kosten sollte!‹ Und dann verwarf er die Furcht als eine Untreue gegen den Freund und erbrach das Siegel. Der Umschlag enthielt einen zweiten, der ebenfalls versiegelt war und die Aufschrift trug:

»Nicht vor dem Tode oder dem Verschwinden Dr. Henry Jekylls zu öffnen.« Utterson glaubte seinen Augen nicht zu trauen. Ja, da stand ›Verschwinden‹ – auch hier, wie in dem verrückten Testament, das er seinem Verfasser längst zurückgegeben hatte – auch hier war der Begriff des Verschwindens mit dem Namen Henry Jekylls in Verbindung gebracht worden. In dem Testament war der Gedanke dem unheilvollen Einfluss des Mannes Hyde entsprungen und war in allzu durchsichtiger und schrecklicher Absicht hineingesetzt worden. Was aber konnte es – von Lanyons Hand geschrieben – bedeuten? Den Sachwalter überkam ein starkes Verlangen, das Verbot nicht zu beachten und den Geheimnissen sofort auf den Grund zu gehen; aber berufliche Ehre und Treue gegen seinen toten Freund waren starke Bindungen, und bald ruhte das Päckchen im tiefsten Winkel seines Geheimfaches.

Es ist zweierlei, ob man Neugierde unterdrückt oder ob man ihrer Herr wird, und es ist zweifelhaft, ob es Utterson seit jenem Tage mit derselben Heftigkeit nach der Gesellschaft seines überlebenden Freundes verlangte. Er dachte freundlich an ihn, doch waren seine Gedanken beunruhigt und voll Angst. Wohl ging er zu ihm, doch war er gewissermaßen erleichtert, wenn man ihn abwies. Vielleicht zog er es im Inneren vor, umgeben von der Luft und den Geräuschen der Großstadt, an der Tür mit Poole zu sprechen, als in das Haus der freiwilligen Haft geführt zu werden, um dort zu sitzen und mit dem rätselhaften Einsiedler zu sprechen. Was Poole zu berichten wusste, lautete jedenfalls nicht sehr erfreulich. Der Doktor hatte sich anscheinend mehr denn je in sein Arbeitszimmer über dem Laboratorium zurückgezogen, ja er schlief sogar manchmal dort. Er befand sich in schlechter Stimmung, war sehr schweigsam geworden, las nicht, und es schien, als ob ihn etwas bedrückte. Und Utterson gewöhnte sich endlich so an die stets gleichlautenden Berichte, dass er mit der Zeit seltener vorsprach.

DIE BEGEGNUNG AM FENSTER

AM SONNTAG, als Mr. Utterson seinen gewohnten Spaziergang mit Mr. Enfield machte, geschah es, dass ihr Weg sie wieder einmal durch die Seitenstraße führte und dass sie beide, als sie sich der Tür gegenüber befanden, stehenblieben und hinüberblickten.

»Na«, meinte Enfield, »diese Geschichte ist wenigstens erledigt. Mr. Hyde werden wir nicht wieder zu Gesicht bekommen.«

»Ich hoffe nicht«, sagte Utterson. »Habe ich Ihnen eigentlich erzählt, dass ich ihn einmal gesehen habe und Ihr Gefühl der Abneigung teilte?«

»Das eine war ohne das andere nicht denkbar«, versetzte Enfield. »Übrigens müssen Sie mich für einen rechten Dummkopf gehalten haben, weil ich nicht wusste, dass dies der Hintereingang von Dr. Jekylls Haus ist. Wissen Sie auch, dass Sie es waren, der mich darauf gebracht hat?«

»Also sind Sie doch dahintergekommen«, bemerkte Utterson.

»Aber wenn das der Fall ist, könnten wir eigentlich in den Hof gehen und einen Blick auf die Fenster werfen. Offen gesagt, ich mache mir Sorgen um den armen Jekyll, und selbst hier draußen habe ich das Gefühl, als wenn die Nähe eines Freundes ihm von Nutzen sein könnte.«

Der Hof war kühl und etwas feucht und in vorzeitiges Dämmerlicht getaucht, obgleich der Himmel hoch über den Häusern noch den Sonnenuntergang widerspiegelte. Das mittlere der drei Fenster war halb geöffnet, und dicht daran, wie um Luft zu schöpfen, sah Utterson Dr. Jekyll mit unendlich trauriger Miene sitzen, gleich einem trostlosen Gefangenen.

»Sieh da, Jekyll!« rief er. »Es geht dir also besser?« »Ich bin sehr schwach, Utterson«, erwiderte der Doktor kläglich, »sehr schwach. Es wird gottlob nicht lange dauern.«

»Du sitzt zu viel zu Hause«, sagte der Anwalt, »du solltest ausgehn und das Blut in Umlauf bringen, wie Mr. Enfield und ich. Dies ist mein Vetter, Mr. Enfield – Dr. Jekyll. Komm, nimm deinen Hut und geh ein Stück mit uns!«

»Das ist sehr nett von dir«, seufzte der andere. »Ich täte es so gern, aber – nein, nein, nein, es ist ganz unmöglich; ich wage es nicht. Aber Utterson, ich freue mich wirklich riesig, dich zu sehen; du kannst es mir glauben, es ist mir eine große Freude. Ich würde dich und Mr. Enfield heraufbitten, doch bin ich nicht darauf eingerichtet.«

»Nun«, sagte der Anwalt gutmütig, »das Beste, was wir tun können, ist, hier unten stehenzubleiben und uns von hier aus mit dir zu unterhalten.«

»Gerade dasselbe wollte ich mir eben erlauben vorzuschlagen«, versetzte der Doktor mit einem Lächeln. Doch kaum hatte er die Worte ausgesprochen, als das Lächeln aus seinem Gesicht verschwand und von einem Ausdruck so voller Entsetzen und Verzweiflung verdrängt wurde, dass den beiden Männern unten das Blut in den Adern gefror. Sie sahen es nur für den Bruchteil einer Sekunde, denn das Fenster wurde im selben Augenblick zugeschlagen, doch hatte der eine flüchtige Blick genügt. Sie kehrten um, verließen wortlos den Hof und überschritten schweigend die Seitenstraße. Erst als sie in eine benachbarte Verkehrsstraße kamen, die selbst am Sonntag belebt war, wandte sich Mr. Utterson zu seinem Begleiter und sah ihn an. Beide waren blass, und in ihren Augen lag ein Widerschein des geschauten Entsetzens.

»Gott sei uns gnädig«, sagte Mr. Utterson, »Gott sei uns gnädig!«

Aber Mr. Enfield nickte nur sehr ernst mit dem Kopf, und schweigend setzten sie ihren Weg fort.

DIE LETZTE NACHT

EINES ABENDS saß Mr. Utterson nach dem Essen am Kamin, als er durch den Besuch von Poole überrascht wurde.

»Um Gottes willen, was führt Sie her, Poole?« rief er, und als er ihn näher betrachtete: »Was fehlt Ihnen? Ist der Doktor krank?«

»Mr. Utterson« sagte der Mann, »da stimmt etwas nicht.«

»Setzen Sie sich; hier haben Sie ein Glas Wein!« bemerkte der Anwalt. »Und nun lassen Sie sich Zeit und erzählen Sie mir, was Sie auf dem Herzen haben.«

»Sie kennen des Doktors Gewohnheiten und wissen, dass er sich gern einschließt«, erwiderte Poole. »Nun hat er sich wieder in sein Arbeitszimmer eingeschlossen, und das gefällt mir nicht, gnädiger Herr ich will mich hängen lassen, wenn mir das gefällt! Mr. Utterson – ich fürchte mich!«

»Nun, mein guter Mann«, sagte der Anwalt, »erklären Sie sich näher! Wovor haben Sie Angst?«

»Seit einer Woche schon fürchte ich mich«, entgegnete Poole und überhörte hartnäckig die Frage, »und ich halte es nicht länger aus.«

Das ganze Gebaren des Mannes bestätigte seine Worte, er war verändert in seinem Wesen, und abgesehen von dem Augenblick, als er zum ersten Mal seine Furcht erwähnte, hatte er dem Anwalt nicht ein einziges Mal ins Gesicht gesehen. Und noch immer saß er mit dem unberührten Glas Wein auf dem Knie da und stierte in eine Ecke des Zimmers. »Ich halte es nicht länger aus«, wiederholte er.

»Kommen Sie«, sagte der Anwalt, »Sie haben sicher gute Gründe dafür, und ich glaube, es ist tatsächlich etwas nicht in Ordnung. Nun versuchen Sie, mir zu sagen, was es ist.«

»Ich glaube, es ist ein Verbrechen verübt worden«, sagte Poole mit heiserer Stimme.

»Ein Verbrechen?« rief der Anwalt sehr erschrocken und in fast gereiztem Ton: »Was für ein Verbrechen? Was meint der Mann nur?«

»Ich getraue mich nicht, es zu sagen, gnädiger Herr«, lautete die Antwort. »Aber wenn Sie mit mir kommen und selbst sehen wollten?«

Sofort stand Mr. Utterson auf und nahm seinen Hut und Mantel. Mit Erstaunen bemerkte er den Ausdruck allergrößter Erleichterung auf dem Gesicht des anderen, und nicht weniger verwunderte es ihn, dass der Wein immer noch unberührt war, als der Diener das Glas abstellte, um ihm zu folgen.

Es war eine stürmische und kalte Märznacht, der bleiche Mond hing schief am Himmel, wie wenn der Wind ihn umgeblasen hätte, und durchscheinende Fetzen jagenden Gewölks zogen darüber hin. Der Wind hinderte am Sprechen und trieb einem das Blut ins Gesicht. Er schien die Straßen völlig von Menschen rein gefegt zu haben, denn Mr. Utterson erinnerte sich nicht, diesen Teil von London je so verlassen gesehen zu haben. Fast wünschte er, es wäre anders. Nie im Leben war er sich so des brennenden Wunsches bewusst geworden, Mitmenschen zu sehen und mit ihnen in Berührung zu kommen; denn so stark er auch dagegen ankämpfen mochte – in seinem Innern erwuchs ein drohendes Vorgefühl von irgendeinem Unglück.

Auf dem Platz, den sie nun erreichten, tobte der Wind und wirbelte den Staub auf, und die kahlen Bäume des Gartens bogen sich, vom Wind gepeitscht, über den Zaun. Poole, der während des ganzen Weges ein bis zwei Schritte voraus-gegangen war, blieb nun plötzlich mitten auf der Straße stehen, nahm trotz des schneidenden Windes den Hut vom Kopf und wischte sich die Stirn mit einem roten Taschentuch. Doch waren die Schweißtropfen, die er abwischte, nicht durch die Anstrengung des schnellen Gehens verursacht, sie entsprangen vielmehr einer würgenden Angst, denn sein Gesicht war leichenblass und seine Stimme, als er jetzt sprach, rau und brüchig.

»So, gnädiger Herr«, bemerkte er, »da wären wir, und Gott gebe, dass nichts passiert ist.«

»Amen, Poole«, sagte der Anwalt.

Hierauf klopfte der Diener äußerst behutsam, die Tür wurde hinter der Sicherheitskette geöffnet, und eine Stimme von drinnen fragte: »Sind Sie es Poole?«

»Ja, ich bin's«, erwiderte Poole. »Ihr könnt aufmachen.«

Die Halle war hell erleuchtet, als sie eintraten, das Feuer hochgeschichtet, und um den Kamin herum stand die gesamte Dienerschaft – Männer und Frauen – zusammengedrängt wie eine Herde Schafe. Beim Anblick von Mr. Utterson brach das Hausmädchen in hysterisches Wimmern aus, und die Köchin schrie: »Gott sei gelobt! Es ist Mr. Utterson« und lief ihm entgegen, als ob sie ihm um den Hals fallen wollte.

»Nanu? Ihr alle hier?« fragte der Anwalt in ungehaltenem Ton. »Das ist ganz gegen die Ordnung und gehört sich nicht. Euer Herr wäre nicht im Geringsten davon erbaut.«

»Sie fürchten sich alle«, antwortete Poole.

Lautlose Stille folgte, da niemand widersprach, nur das Mädchen erhob seine Stimme und weinte laut heraus.

»Halt den Mund!« herrschte Poole sie in einem wütenden Ton an, der Zeugnis von der Überreiztheit seiner eigenen Nerven ablegte.

Tatsächlich waren alle zusammengefahren, als das Mädchen so plötzlich in laute Klagen ausbrach, und hatten mit dem Ausdruck furchtsamer Erwartung zu der inneren Tür hin geblickt. »Und nun«, fuhr der Diener fort und wandte sich an den Küchenjungen, »reich mir eine Kerze, und wir wollen der

Sache sogleich zuleibe gehen.« Dann bat er Mr. Utterson, ihm zu folgen, und schlug den Weg zum rückwärtigen Garten ein.

»Und jetzt, gnädiger Herr«, sagte er, »seien Sie so leise wie möglich. Ich möchte, dass Sie hören, dass Sie aber nicht gehört werden. Und noch eins, gnädiger Herr, wenn er Sie bitten sollte, hineinzukommen, so gehen Sie nicht.«

Bei dieser unerwarteten Wendung ging durch Mr. Uttersons Nerven ein Schreck, der ihn fast aus dem Gleichgewicht gebracht hätte, doch nahm er allen Mut zusammen und folgte dem Diener in das Laboratoriumsgebäude und durch den Vorlesungsraum mit seinem Gerümpel von Kisten und Flaschen bis an den Fuß der Treppe. Hier bedeutete ihm Poole, sich an die Seite zu stellen und zu horchen, während er selbst die Kerze niedersetzte und, indem er sich sichtlich einen Ruck gab, die Stufen emporstieg und mit unsicherer Hand an den roten Fries der Arbeitszimmertür klopfte.

»Mr. Utterson ist da und möchte Sie sprechen, gnädiger Herr«, rief er, und dabei gab er dem Anwalt von Neuem durch heftige Zeichen zu verstehen, dass er gut hinhören sollte.

Von innen antwortete eine klagende Stimme: »Sage ihm, ich könnte niemanden empfangen.«

»Sehr wohl, gnädiger Herr«, versetzte Poole mit einem Anflug von Triumph in der Stimme. Dann nahm er die Kerze auf und führte Mr. Utterson wieder über den Hof in die große Küche, wo das Feuer ausgegangen war und die Schaben auf dem Fußboden herumliefen.

»Gnädiger Herr«, begann er und sah Mr. Utterson fest in die Augen, »war das die Stimme meines Herrn?«

»Sie scheint sich sehr verändert zu haben«, entgegnete der Anwalt. Er war sehr bleich, doch hielt er dem Blick stand.

»Verändert? Ja, das will ich meinen«, sagte der Diener. »Bin ich zwanzig Jahre im Dienst meines Herrn, um mich über seine

Stimme täuschen zu lassen? Nein, gnädiger Herr, mein Herr ist aus dem Wege geräumt worden, er ist vor acht Tagen, als wir ihn schreien und Gott anrufen hörten, aus dem Wege geräumt worden. Und wer jetzt statt seiner da drin ist und warum er dort bleibt, das ist etwas, das zum Himmel schreit!«

»Das ist eine äußerst seltsame Geschichte, Poole, eine ganz tolle Geschichte, mein guter Mann«, meinte Mr. Utterson und biss sich auf den Finger. »Nehmen wir an, es wäre so, wie Sie vermuten – nehmen wir an, Dr. Jekyll wäre – er wäre ermordet worden, was sollte denn den Mörder veranlassen, zu bleiben? Das würde doch aller Vernunft hohnsprechen.«

»Nun gut, Mr. Utterson, Sie sind ein Mann, der schwer zufriedenzustellen ist, aber ich will es dennoch tun«, sagte Poole. »Sie müssen wissen, diese ganze letzte Woche hat er oder es, oder was immer sich nun in dem Arbeitszimmer aufhält, Tag und Nacht nach einer bestimmten Medizin geschrien und konnte sie nicht kriegen. Es war manchmal seine – ich meine meines Herrn – Gewohnheit, seine Befehle auf ein Blatt Papier zu schreiben und es auf die Treppe zu legen. In der vergangenen Woche haben wir nichts anderes zu Gesicht bekommen, nichts als Zettel und eine verschlossene Tür, und die Mahlzeiten, die wir hinstellten, wurden sogar heimlich hineingenommen, wenn es niemand sehen konnte. Und, gnädiger Herr, jeden Tag, ja zwei- und dreimal an einem Tag, lagen Befehle und Beschwerden da, und ich bin zu allen Grossisten für Chemikalien in der Stadt herumgehetzt worden. Jedesmal, wenn ich mit dem Zeug wiederkam, lag bald darauf wieder ein Zettel da, mit dem Befehl, es zurückzubringen, weil es nicht rein wäre, und eine neue Bestellung an eine andere Firma. Diese Arznei muss bitter nötig sein, einerlei wozu.«

»Haben Sie noch einen von den Zetteln?« fragte Mr. Utterson.

Poole langte in seine Tasche und holte ein zerknittertes Papier hervor, das der Anwalt, über die Kerze gebeugt, sorgfältig prüfte. Sein Inhalt lautete folgendermaßen: ›Dr. Jekyll gibt sich die Ehre, Monsieur Maw darauf aufmerksam zu machen, dass ihre letzte Probe unrein und für seinen gegenwärtigen Zweck völlig wertlos war. Im Jahr 18... hat Dr. Jekyll eine ziemlich große Menge von Monsieur M. bezogen. Er bittet sie nun, mit der größten Sorgfalt nachzuforschen, und wenn sich noch etwas von derselben Qualität finden sollte, es ihm sofort zukommen zu lassen. Kosten spielen keine Rolle. Die Sache ist für Dr. J. von der allergrößten Wichtigkeit.‹ Bis dahin klang der Brief ganz verständig, aber plötzlich hatte sich, mit einem Spritzen der Feder, die Gemütsbewegung des Schreibers Bahn gebrochen. ›Um Gottes willen‹, hatte er hinzugefügt, ›verschaffen Sie mir etwas von dem alten!‹

»Das ist ein merkwürdiger Brief«, sagte Mr. Utterson, und dann in strengem Ton: »Wie kamen Sie dazu, ihn zu öffnen?«

»Der Mann bei Maw war sehr ärgerlich und warf ihn mir vor die Füße, als wäre es Dreck«, versetzte Poole.

»Dies ist doch fraglos des Doktors Handschrift, nicht wahr?« fragte der Anwalt.

»Ja, es schien mir so«, antwortete der Diener verdrießlich, und dann in anderem Ton: »Aber was besagt die Handschrift? – Ich habe ihn gesehen!« – »Ihn gesehen?« wiederholte Mr. Utterson. »Nun und?«

»Das ist es ja«, meinte Poole. »Das war so: Ich kam plötzlich vom Garten in den Vorlesungsraum. Er war anscheinend herausgeschlüpft, um nach der Arznei oder nach sonst etwas zu suchen; denn die Tür zum Arbeitszimmer stand offen, und er kramte am andern Ende des Raumes in den Kisten herum. Er blickte auf, als ich hereinkam, stieß eine Art Schrei aus und stürzte die Treppe hinauf in sein Zimmer. Ich sah ihn nur ein paar Sekunden, aber die Haare standen mir zu Berge. Gnädiger Herr, wenn das mein Herr war, warum hatte er dann eine Maske vor dem Gesicht? Wenn es mein Herr war, warum schrie er dann wie ein Tier und lief vor mir davon? Ich habe ihm lange genug gedient. Und dann ...« Der Mann hielt inne und fuhr sich mit der Hand übers Gesicht.

»Das sind alles äußerst seltsame Dinge«, sagte Mr. Utterson, »aber ich glaube, ich fange an klarzusehen. Poole, Ihr Herr ist einfach von einer jener Krankheiten befallen worden, die den, der daran leidet, peinigen und entstellen. Daher, nach meiner Auffassung, seine veränderte Stimme, daher die Maske und seine Flucht vor seinen Freunden, daher sein heftiges Verlangen nach der Medizin, in der für den Ärmsten die Hoffnung auf endliche Genesung enthalten ist – Gott gebe, dass er nicht enttäuscht wird! Das ist meine Erklärung. Sie ist traurig genug und schrecklich auszudenken, aber sie ist einleuchtend, natürlich und folgerichtig und schützt uns vor übertriebener Angst.«

»Gnädiger Herr«, versetzte der Diener und wurde blass, »der da war nicht mein Herr, so wahr ich hier stehe. Mein Herr« – hier blickte er sich um und fuhr im Flüsterton fort – »ist ein großer wohlgebauter Mann, und der da war mehr wie ein Zwerg.« Utterson versuchte zu widersprechen.

»O gnädiger Herr«, rief Poole, »glauben Sie, ich kenne meinen Herrn nicht, nach zwanzig Jahren? Glauben Sie, ich kenne nicht die Stelle an der Tür, wo ich seinen Kopf Morgen für Morgen erscheinen sah? Nein, gnädiger Herr, das Geschöpf mit der Maske war nie und nimmer Dr. Jekyll. – Gott weiß, wer es sonst war, aber Dr. Jekyll war es nie im Leben, und es ist meine innerste Überzeugung, dass da ein Mord geschehen ist.«

»Wenn Sie das sagen, Poole«, entgegnete der Anwalt, »so ist es meine Pflicht, mir Gewissheit zu verschaffen. So sehr ich auch die Gefühle Ihres Herrn schonen möchte und so sehr mir der Zettel zu denken gibt – denn er beweist anscheinend, dass Ihr Herr am Leben ist –, so betrachte ich es doch als meine Pflicht, die Tür zu erbrechen.«

»O Mr. Utterson, das ist ein Wort!« rief der Diener. »Nun kommt die zweite Frage«, fuhr Utterson fort: »Wer soll es tun?«

»Nun, Sie und ich, gnädiger Herr«, war die unerschrockene Antwort.

»Recht so!« versetzte der Anwalt, »und was auch daraus entstehen mag, ich werde dafür sorgen, dass Ihnen kein Schaden daraus erwächst.«

»Im Laboratorium ist eine Axt«, sagte Poole, »und Sie könnten den Feuerhaken aus der Küche nehmen.«

Der Anwalt nahm das primitive, aber schwere Gerät und wog es in der Hand. »Poole«, meinte er, »wissen Sie auch, dass Sie und ich im Begriff sind, uns in Gefahr zu begeben?«

»Ja, gnädiger Herr, das weiß ich«, erwiderte der Diener.

»Da wäre es gut, wenn wir aufrichtig zueinander wären«, sagte der andere. »Wir denken beide mehr, als wir ausgesprochen haben; wollen wir uns nicht reinen Wein einschenken? Haben Sie die maskierte Gestalt, die Sie gesehen haben, erkannt?« »Ja, wissen Sie, gnädiger Herr, das Geschöpf lief so schnell und war so zusammengekrümmt, dass ich es nicht beschwören kann«, lautete die Antwort. »Aber wenn Sie meinen, ob es Mr. Hyde war? – Nun ja, ich glaube wohl! Die Größe stimmte ungefähr, auch die schnelle und leichte Art der Bewegung – und außerdem, wer hätte wohl sonst durch die Laboratoriumstür hineinkonnt? Sie haben doch nicht vergessen, dass er zur Zeit des Mordes noch im Besitz des Schlüssels war?

Aber das ist noch nicht alles. Ich weiß nicht, ob Sie diesem Mr. Hyde jemals begegnet sind, Mr. Utterson?«

»Ja«, antwortete der Anwalt, »ich habe einmal mit ihm gesprochen.«

»Dann müssen Sie, ebensogut wie wir andern alle, wissen, dass diesem Herrn etwas Sonderbares anhaftet – etwas, das einem einen Stich versetzte – ich weiß nicht, wie ich es ausdrücken soll – etwas, das einem durch Mark und Bein ging.«

»Ich gebe zu, Ähnliches habe auch ich empfunden«, sagte Mr. Utterson.

»Nun sehen Sie, gnädiger Herr«, versetzte Poole, »als das maskierte Geschöpf wie ein Affe von den Chemikalien aufsprang und ins Arbeitszimmer stürzte, lief es mir eiskalt den Rücken herunter. – Oh, ich weiß wohl, dass das kein Beweis ist, ich habe genug gelesen, um das zu wissen; aber man hat doch sein Gefühl, und ich gebe Ihnen mein heiliges Wort – es war Mr. Hyde!«

»Ja, ja«, sagte der Anwalt, »meine Befürchtungen bewegen sich in derselben Richtung. Ich fürchte, dieses Verhältnis war auf Böses gegründet, darum konnte nur Böses daraus entstehen. Ja, ich glaube Ihnen, ich glaube, dass der arme Henry ermordet worden ist und dass sein Mörder – Gott mag wissen, warum – immer noch im Zimmer seines Opfers auf der Lauer liegt. Uns kommt es zu, ihn zu rächen. Rufen Sie Bradshaw!«

Auf den Ruf hin kam der Bediente, sehr blass und zitternd.

»Nimm dich zusammen, Bradshaw!« rief der Anwalt. »Ich weiß, diese Ungewissheit lastet auf euch allen, aber wir wollen dem nun ein Ende machen. Hier, Poole und ich werden uns den Eintritt ins Arbeitszimmer erzwingen. Wenn alles klappt, so bin ich stark genug, alles auf mich zu nehmen. Für den Fall aber, dass doch etwas schiefgehen oder der Missetäter versuchen sollte, durch den hinteren Ausgang zu entkommen – müsst ihr euch, du und der Junge, mit ein paar derben Knüppeln an der Laboratoriumstür aufstellen. Wir geben euch zehn Minuten Zeit, um euren Posten einzunehmen.«

Als Bradshaw hinausging, sah der Anwalt nach der Uhr. »Und nun, Poole, lassen Sie uns auf unsern Posten gehen«, sagte er, nahm den Feuerhaken unter den Arm und betrat den Hof. Die Wolken hatten sich vor den Mond geschoben, und es war nun vollständig dunkel. Der Wind, der nur stoßweise in diesen rings eingeschlossenen Teil des Grundstückes drang, ließ den Schein der Kerze ihren Schritten voraus tanzen, bis sie in den Schutz des Laboratoriums gelangten, wo sie sich niedersetzten und schweigend warteten. In der Ferne summte feierlich die Großstadt, in unmittelbarer Nähe aber wurde die Stille nur durch den Klang der Schritte unterbrochen, die im Arbeitszimmer auf und nieder gingen.

»So geht das den ganzen Tag, gnädiger Herr«, flüsterte Poole, »und den größten Teil der Nacht. Nur wenn vom Chemiker eine neue Mischung gebracht wird, tritt eine kleine Pause ein. Das ist das schlechte Gewissen, das ihn nicht ruhen lässt. Ach, gnädiger Herr, an jedem dieser Schritte klebt ruchlos vergossenes Blut! Aber horchen Sie noch einmal – etwas näher –, horchen Sie mit dem Herzen, Mr. Utterson, und sagen Sie mir, ob das des Doktors Schritt ist?«

Die Schritte waren leicht und sonderbar, etwas schleifend und langsam. Jedenfalls klang das ganz anders als Henry Jekylls schwerer, knarrender Gang.

Utterson seufzte. »Ist nie etwas anderes zu hören gewesen?« fragte er.

Poole nickte. »Doch, einmal«, erwiderte er. »Einmal habe ich es weinen hören.«

»Weinen? Wieso denn?« fragte der Anwalt und wurde sich eines plötzlichen Schauderns bewusst.

»Es weinte wie eine Frau oder wie eine verlorene Seele«, sagte der Diener. »Ich lief weg und hatte im Herzen ein Gefühl, als wenn ich auch weinen müsste.«

Die zehn Minuten gingen zu Ende. Poole grub die Axt unter einem Packen Holzwolle hervor. Die Kerze war auf den nächsten Tisch gestellt worden, um ihnen bei ihrem Angriff zu leuchten, und sie näherten sich mit angehaltenem Atem der Tür, hinter der die geduldigen Schritte noch immer in der Stille der Nacht auf und nieder – auf und nieder gingen.

»Jekyll«, rief Utterson mit lauter Stimme. »Ich will dich sehen.« Er hielt einen Augenblick inne, doch es kam keine Antwort. »Ich warne dich«, fuhr er fort. »Unser Verdacht ist geweckt, und ich muss und werde dich sehen, wenn nicht im Guten, dann im Bösen wenn nicht mit deiner Einwilligung, dann mit Gewalt!«

»Utterson«, bat die Stimme – »um Gottes willen, habe Erbarmen!«

»Ha! Das ist nicht Jekylls – das ist Hydes Stimme!« schrie Utterson. »Weg mit der Tür, Poole!«

Poole schwang die Axt über der Schulter. Der Schlag erschütterte das Gebäude, und die mit rotem Fries verkleidete Tür erbebte in Schloss und Angeln. Ein misstönender Schrei, wie in tierischem Schrecken ausgestoßen, erklang aus dem Zimmer. Wieder fiel die Axt nieder, und wieder krachten die Füllungen, und der Rahmen zersplitterte. Viermal fielen die Schläge, aber das Holz war hart und vortrefflich zusammengefügt, und erst beim fünften Schlag gab das Schloss nach, und die Trümmer der Tür fielen nach innen auf den Teppich.

Die Belagerer, über den von ihnen verursachten Lärm und die nun folgende Stille erschrocken, traten einen Schritt zurück und blickten hinein. Und da lag das Arbeitszimmer in ruhigem Lampenschein vor ihren Augen, das Feuer brannte knisternd im Kamin, der Wasserkessel summte, eine oder zwei Schubladen standen offen, Papiere waren ordentlich auf dem Arbeitstisch geschichtet, und in der Nähe des Kamins war alles für den Tee vorbereitet: Das ruhigste Zimmer, hätte man sagen können, und abgesehen von den Glasschränkchen voller Chemikalien, das alltäglichste Zimmer in London.

In der Mitte lag der Körper eines Mannes, krampfhaft verzogen und noch zuckend. Sie näherten sich auf Zehenspitzen, drehten ihn herum und sahen in das Gesicht von Edward Hyde. Bekleidet war er mit viel zu großen Sachen, einem Anzug für die Größe des Doktors. Die Muskeln seines Gesichtes bewegten sich noch und täuschten Leben vor, doch war er bereits tot. An dem zerdrückten Fläschchen in seiner Hand und an dem starken Blausäuregeruch, der in der Luft schwebte, erkannte Mr. Utterson, dass er an der Leiche eines Selbstmörders stand.

»Wir sind zu spät gekommen«, sagte er ernst, »zu spät, zu retten wie zu strafen. Hyde ist vor einen höheren Richter getreten; uns bleibt nur noch übrig, die Leiche Ihres Herrn zu suchen.«

Der weitaus größte Teil des Gebäudes wurde von dem Laboratorium eingenommen, das fast das ganze untere Stockwerk ausfüllte und sein Licht von oben und aus dem Arbeitszimmer erhielt. Dieses wiederum stellte auf der einen Seite ein höheres Stockwerk dar und ging auf den Hof. Ein Korridor verband das Laboratorium mit der Tür an der Seitenstraße, zu der, gesondert, vom Arbeitszimmer eine Treppe führte. Außerdem waren da noch ein paar dunkle Kammern und ein geräumiger Keller. Diese alle wurden nun gründlich durchsucht. Bei den Kammern genügte ein Blick, denn sie waren alle leer und, nach dem Staub zu schließen, der von ihren Türen herabfiel, lange nicht geöffnet worden. Der Keller war allerdings mit allerhand Gerümpel gefüllt, das größtenteils aus der Zeit des Arztes stammte, dessen Nachfolger Jekyll geworden war, doch schon als sie die Tür öffneten, überzeugte sie das Zerreißen eines regelrechten Vorhanges von Spinnweben, der den Eintritt seit Jahren versperrt hatte, von der Nutzlosigkeit weiterer Nachforschungen. – Nirgends war eine Spur des lebenden oder toten Henry Jekyll zu entdecken.

Poole stampfte auf die Fliesen des Korridors. Hierunter muss er begraben sein«, sagte er und lauschte dem Klang.

»Oder er ist geflohen«, äußerte Utterson und wandte sich, um die Tür an der Seitenstraße zu untersuchen. Sie war verschlossen, und dicht daneben, auf den Fliesen, fanden sie den bereits verrosteten Schlüssel.

»Das sieht nicht nach Benutzung aus«, bemerkte der Anwalt.

»Benutzung?« wiederholte Poole. »Sehen Sie nicht, dass er zerbrochen ist, gnädiger Herr, so als ob jemand darauf herumgetrampelt hätte.«

»Ja«, sagte Utterson, »und sogar die Bruchstellen sind rostig.« Die beiden Männer sahen sich erschrocken an. »Das geht über meinen Verstand, Poole«, meinte der Anwalt. »Kommen Sie, wir wollen wieder ins Arbeitszimmer gehen!«

Schweigend stiegen sie die Treppe hinauf und begannen den Inhalt des Zimmers eingehender zu untersuchen, nicht ohne von Zeit zu Zeit einen scheuen Blick auf den Leichnam zu werfen. Auf einem Tisch sah man die Spuren chemischer Arbeit, denn verschiedene, abgemessene Mengen irgendeines weißen Salzes waren auf Glasschälchen verteilt, wie zu einem Experiment, an dem der unglückliche Mann verhindert worden war.

»Das ist dasselbe Pulver, das ich ihm immer geholt habe«, erklärte Poole, und während er sprach, kochte der Wasserkessel mit zischendem Geräusch über.

Das veranlasste sie, zum Kamin zu gehen, wo der gemütliche Lehnstuhl stand und wo in Reichweite zum Tee gedeckt war – in der Tasse sogar schon ein Stück Zucker. Auf einem Regal standen mehrere Bücher; eins lag geöffnet neben den Teesachen, und Utterson war erstaunt, in ihm das Exemplar eines religiösen Werkes wiederzusehen, worüber sich Jekyll verschiedentlich sehr anerkennend geäußert hatte, und das am Rand von seiner eigenen Hand mit grässlichen Gotteslästerungen beschrieben war.

Bei nochmaliger Durchsicht des Zimmers kamen die Suchenden vor den drehbaren Toilettenspiegel und blickten mit einem unwillkürlichen Schauder in seine Tiefe. Doch war er so gestellt, dass er ihnen nur das Spiel der rötlichen Glut an der Decke und das in hundertfacher Wiederholung über die Glaswände der Schränke funkelnde Feuer zeigte, und ihre eigenen blassen und furchtsamen Gesichter, die hineinschauten.

»Dieser Spiegel mag seltsame Dinge gesehen haben, gnädiger Herr«, flüsterte Poole.

»Gewiss! Und es ist sehr seltsam, dass er überhaupt hier ist«, erwiderte der Anwalt im selben Tonfall, »denn was hat Jekyll« – als er den Namen aussprach, gab es ihm einen Ruck, aber er überwand seine Schwäche –, »wozu mag Jekyll ihn gebraucht haben?«

»Ja, das ist die Frage«, sagte Poole.

Danach wandten sie sich dem Schreibtisch zu. Auf der Platte, zwischen den geordneten Papierreihen, lag zuoberst ein großer Umschlag, der, von des Doktors Hand geschrieben, den Namen von Mr. Utterson trug. Der Anwalt erbrach das Siegel, und mehrere Einlagen fielen zu Boden. Die erste war ein Testament, mit dem gleichen exzentrischen Wortlaut wie jenes andere, das er vor einem halben Jahr zurückerstattet hatte. Es sollte im Fall des Todes als Testament und im Fall des Verschwindens als Schenkungsurkunde gelten. Doch an Stelle von Edward Hydes Namen las der Anwalt mit unbeschreiblichem Erstaunen den Namen Gabriel John Utterson. Er blickte Poole an, dann wieder das Papier und schließlich den toten Übeltäter, der da auf dem Teppich hingestreckt lag.

»In meinem Kopf dreht sich alles«, meinte er. »Dies ist in all den letzten Tagen in seinem Besitz gewesen, er hatte keine Ursache, mich zu lieben, er muss gerast haben, als er sich zurückgesetzt sah, und doch hat er das Dokument nicht vernichtet.« Er nahm das nächste Papier zur Hand. Es war ein kurzes Schreiben in des Doktors Handschrift und trug oben ein Datum. »Oh, Poole«, rief der Anwalt aus, »er war heute noch am Leben und ist hier gewesen. In so kurzer Zeit kann er nicht beiseite geschafft worden sein, er muss noch leben und muss geflohen sein! Geflohen? Aber warum und wie? Und können wir in dem Fall das dort als Selbstmord betrachten? Oh, wir müssen vorsichtig sein. Mir ahnt, dass Ihr Herr noch in eine grässliche Katastrophe verstrickt werden wird.«

»Warum lesen Sie es nicht, gnädiger Herr?« fragte Poole.

»Weil ich mich fürchte«, erwiderte der Anwalt in ernstem Ton.

»Gott gebe, dass es grundlos ist.« Und damit griff er nach dem Blatt und las Folgendes:

»Mein lieber Utterson, wenn dies in Deine Hände fällt, werde ich verschwunden sein, unter welchen Umständen, das vorherzusehen, bin ich nicht imstande. Doch sagen mir mein Gefühl und die Begleiterscheinungen meiner unaussprechlichen Lage, dass das Ende gewiss ist und bald eintreten muss. So geh denn und lies zuerst den Bericht, den Lanyon, wie er mir seinerzeit sagte, in Deine Hände legen wollte, und wenn Dir daran liegt, mehr zu erfahren, dann lies das Bekenntnis Deines unwürdigen und unglücklichen Freundes Henry Jekyll.«

»War nicht noch eine dritte Einlage vorhanden?« fragte Utterson.

»Hier, gnädiger Herr«, erwiderte Poole und überreichte ihm ein ansehnliches, an mehreren Stellen gesiegeltes Päckchen.

Der Anwalt steckte es in die Tasche.

»Wir wollen über dieses Papier nicht sprechen, Poole! Wenn Ihr Herr geflohen oder tot ist, so können wir wenigstens seinen guten Namen retten. Jetzt ist es zehn Uhr. Ich muss nach Hause gehn und diese Schriftstücke in Ruhe lesen. Vor Mitternacht werde ich aber zurück sein, und dann werden wir die Polizei verständigen.«

Damit gingen sie hinaus, verschlossen die Laboratoriumstür hinter sich, und Utterson überließ die um das Feuer in der Halle versammelte Dienerschaft sich selbst und schleppte sich in sein Büro zurück, um die beiden Aufzeichnungen zu lesen, die den Schleier dieses Geheimnisses lüften sollten.

DR. LANYONS AUFZEICHNUNGEN

»AM 9. JANUAR, also vor vier Tagen, erhielt ich mit der Abendpost einen eingeschriebenen Brief, adressiert von der Hand meines Kollegen und alten Schulkameraden Henry Jekyll. Ich war ziemlich erstaunt darüber, denn wir waren ganz und gar nicht gewöhnt, zu korrespondieren. Außerdem hatte ich ihn kürzlich gesehen, hatte sogar am Abend vorher mit ihm gespeist und konnte mich an nichts in unserer Unterhaltung erinnern, was die Förmlichkeit eines eingeschriebenen Briefes gerechtfertigt hätte. Der Inhalt vermehrte mein Erstaunen, denn er lautete folgendermaßen:

9. Januar 18...

›Lieber Lanyon!

Du bist einer meiner ältesten Freunde, und obgleich unsere Meinungen über wissenschaftliche Fragen manchmal auseinandergehen mochten, so ist mir ein Nachlassen unserer Zuneigung – wenigstens von meiner Seite – nicht erinnerlich. Zu jeder Zeit, wenn Du zu mir gesagt hättest: ›Jekyll, mein Leben, mein Verstand, meine Ehre hängen von Dir ab!‹ – würde ich mein Vermögen oder meine linke Hand geopfert haben, um Dir zu helfen. – Lanyon, mein Leben, mein Verstand, meine Ehre hängen von Deiner Barmherzigkeit ab! Wenn Du mich heute Abend im Stich lässt, bin ich verloren. Du wirst nach dieser Einleitung vielleicht annehmen, dass ich etwas Unehrenhaftes von Dir verlangen werde. Urteile selbst!

Ich bitte Dich, für heute Abend alle anderen Verpflichtungen abzusagen – selbst wenn Du an das Krankenbett eines Kaisers gerufen würdest –, eine Droschke zu nehmen, wenn nicht Dein eigener Wagen gerade vor der Tür stehen sollte, und mit diesem Brief voller Anweisungen geradenwegs zu meinem Haus zu fahren. Poole, mein Diener, hat seine Instruktionen und wird, gemeinschaftlich mit einem Schlosser, Deine Ankunft erwarten. Die Tür zu meinem Arbeitszimmer soll sogleich erbrochen werden, und Du sollst allein hineingehen, den Glasschrank linker Hand, mit dem Buchstaben E, öffnen, ihn aufbrechen, wenn er verschlossen sein sollte, und die vierte Schublade von oben oder, was dasselbe bedeutet, die dritte von unten mit ihrem gesamten Inhalt wie er liegt und steht, herausnehmen. In meiner entsetzlichen Gemütsverfassung habe ich eine krankhafte Angst, Dich falsch zu instruieren; aber selbst, wenn ich mich irren sollte, kannst Du die richtige Schublade an ihrem Inhalt erkennen: einige Pulver, ein Fläschchen und ein Notizbuch. Diese Schublade bitte ich Dich, so wie sie ist, nach Cavendish Square mitzunehmen.

Das ist der erste Teil des Liebesdienstes, nun zum zweiten. Wenn Du Dich nach Erhalt dieses Briefes gleich auf den Weg machst, musst Du lange vor Mitternacht zurück sein. Doch will ich Dir diesen Spielraum lassen, nicht nur aus Angst vor solchen Hindernissen, die weder vorhergesehen noch vermieden werden können, sondern auch, weil ich die Zeit, wenn Deine Dienstboten schlafen, für das, was dann noch zu geschehen hat, vorziehe. Um Mitternacht muss ich Dich dann bitten, allein in Deinem Sprechzimmer zu sein, einen Mann, der in meinem Namen zu Dir kommt, persönlich einzulassen und ihm die Schublade, die Du aus meinem Arbeitszimmer geholt hast, auszuhändigen. Damit hättest Du dann das Deinige getan und Dir meine größte Dankbarkeit gesichert. Wenn Du auf einer Erklärung bestehst, so wirst Du fünf Minuten später begriffen haben, dass meine Anordnungen von allergrößter Wichtigkeit sind und dass Du durch Außerachtlassen einer einzigen von ihnen, so phantastisch sie auch scheinen mögen, Dein Gewissen mit meinem Tod oder dem Verlust meines Verstandes belasten würdest.

Obgleich ich die feste Zuversicht habe, dass Du diese dringende Bitte nicht leichtnehmen wirst, klopft mir das Herz, und meine Hand zittert beim bloßen Gedanken an eine solche Möglichkeit. Gedenke meiner zu dieser Stunde, in der ich an fremdem Ort unter der Wucht einer Bedrängnis leide, die keine Einbildung übertreiben kann. Und doch weiß ich, dass, wenn Du nur alles genau ausführst, meine Sorgen vorbeiziehen werden wie eine Geschichte, die uns erzählt wird. Hilf mir, mein lieber Lanyon! und rette

Deinen Freund H. J.

PS. Ich hatte dieses Schreiben schon versiegelt, als mich ein neuer Schrecken ergriff. Es ist möglich, dass die Post mich im Stich lässt und Du diesen Brief erst morgen früh erhältst. In diesem Fall, lieber Lanyon, führe meinen Auftrag aus, wann es Dir im Laufe des Tages am besten passt, und erwarte meinen Boten wieder um Mitternacht. Vielleicht ist es dann schon zu spät, und sollte die Nacht vergehen, ohne dass sich etwas ereignet, so wirst Du wissen, dass Du Henry Jekyll zum letzten Mal gesehen hast.‹

Beim Lesen dieses Briefes wurde es mir klar, dass mein Kollege wahnsinnig geworden war, doch ehe dies über allen Zweifel erhaben war, fühlte ich mich verpflichtet, zu tun, was er verlangte. So wenig ich von dem Geschreibsel verstand, so wenig war ich in der Lage, seine Wichtigkeit zu beurteilen, und ich konnte einen so abgefassten Appell nicht unbeachtet lassen, ohne eine schwere Verantwortung auf mich zu laden. So stand ich denn auf, nahm einen Wagen und fuhr geradenwegs zu Jekylls Haus. Der Diener erwartete mich; er hatte mit gleicher Post einen eingeschriebenen Brief mit Instruktionen erhalten und hatte sogleich nach einem Schlosser und einem Zimmermann geschickt.

Die Handwerker kamen, während wir noch miteinander sprachen, und wir begaben uns gemeinschaftlich in das chirurgische Laboratorium des alten Dr. Denman, von wo aus – wie Du zweifellos wissen wirst – Dr. Jekylls Arbeitszimmer bequem zu erreichen ist. Die Tür war sehr stark, das Schloss ausgezeichnet, der Zimmermann erklärte, dass es ihm viel Mühe machen und er die Tür beschädigen würde, wenn Gewalt angewandt werden musste, und der Schlosser war ganz verzweifelt. Doch war dieser ein geschickter Bursche, und nach zweistündiger Arbeit war die Tür geöffnet. Der mit ›E‹ bezeichnete Schrank war unverschlossen, ich nahm die Schublade heraus, füllte sie mit Stroh aus, verpackte sie in einen Bogen Papier und kehrte damit nach Cavendish Square zurück.

Hier machte ich mich daran, den Inhalt zu untersuchen. Die Pulver waren sauber verpackt, doch nicht mit der Genauigkeit des Apothekers, der sie nach Vorschrift zubereitet, und es war klar, dass es eigenhändiges Fabrikat von Jekyll war. Als ich eine Papierhülle öffnete, fand ich darin etwas, was mir als gewöhnliches, kristallartiges Salz von weißer Farbe erschien. Das Fläschchen, dem ich dann meine Aufmerksamkeit zuwandte, war etwa zur Hälfte mit einer blutroten Flüssigkeit gefüllt, die außerordentlich stark auf die Geruchsnerven wirkte und anscheinend Phosphor und flüchtigen Äther enthielt. Die übrigen Bestandteile konnte ich nicht erraten. Das Buch war ein gewöhnliches Notizbuch und enthielt nur Reihen von Daten. Diese erstreckten sich über einen Zeitraum von vielen Jahren, doch bemerkte ich, dass die Eintragungen ungefähr vor einem Jahr ganz plötzlich abbrachen.

Hin und wieder war einem Datum eine kurze Bemerkung zugefügt, gewöhnlich nicht mehr als ein einziges Wort: ›Doppelt‹, das unter mehreren hundert Eintragungen insgesamt etwa sechsmal vorkam. Und einmal, ganz zu Beginn der Liste, mit mehreren Ausrufungszeichen versehen, ›vollständiges Versagen!!!‹ Obgleich dies alles meine Neugierde reizte, gab es mir keinerlei Aufschluss. Da waren ein Fläschchen mit irgendeiner Flüssigkeit, Papierhüllen mit irgendeinem Salz und ein schriftlicher Bericht über eine Reihe von Experimenten, die, wie allzu viele von Jekylls Versuchen, zu keinem praktisch-nützlichen Ziel geführt hatten. Wie konnte die Anwesenheit dieser Gegenstände in meinem Haus Einfluss auf die Ehre, die Zurechnungsfähigkeit oder das Leben meines flatterhaften Kollegen ausüben? Wenn sein Bote an einen Ort kommen konnte, warum konnte er nicht anderswo hingehen? Und selbst irgendein Hindernis angenommen, warum sollte dieser Herr im Geheimen von mir empfangen werden? Je mehr ich nachdachte, desto überzeugter wurde ich, dass ich es hier mit einem Fall von Geisteskrankheit zu tun hatte. Ich schickte zwar meine Dienstboten zu Bett, doch lud ich einen alten Revolver, um mich im Notfall verteidigen zu können.

Kaum hatte es von den Kirchen Londons zwölf geschlagen, als der Klopfer sehr leise gegen die Tür schlug. Ich ging selbst hinaus, um zu öffnen, und fand einen kleinen Mann vor, der sich gegen die Pfeiler der Säulenhalle drückte.

»Kommen Sie von Dr. Jekyll?« fragte ich.

Er bejahte mit einer ungeduldigen Gebärde; als ich ihn aufforderte, hereinzukommen, tat er es nicht, ohne vorher einen prüfenden Blick hinter sich in die Dunkelheit des Platzes zu werfen. In einiger Entfernung war ein Schutzmann zu sehen, der sich mit offener Blendlaterne näherte, und es war mir, als ob mein Besucher bei seinem Anblick zusammenfuhr und seinen Gang beschleunigte. Ich gestehe, dass mich seine Art unangenehm berührte, und während ich ihm in das helle Licht des Sprechzimmers folgte, hielt ich meine Hand an der Waffe.

Dort angelangt, hatte ich endlich Gelegenheit, ihn genau zu betrachten. Ich hatte ihn nie zuvor gesehen, so viel war gewiss. Er war klein, wie ich schon bemerkte, außerdem machte mich der schreckliche Ausdruck seines Gesichtes betroffen, in dem sich eine auffallende Mischung von angespannter Muskeltätigkeit und anscheinend großer körperlicher Schwäche ausprägte, und – nicht zuletzt – die seltsame, subjektive Unruhe, die seine Gegenwart auslöste. Dieses Gefühl hatte eine gewisse Ähnlichkeit mit beginnender Erstarrung und wurde von einem merklichen Sinken des Pulses begleitet. Damals schob ich es auf irgendeine Idiosynkrasie, einen persönlichen Abscheu, und wunderte mich nur über die Heftigkeit der Symptome. Seither habe ich jedoch guten Grund zu glauben, dass die Ursache viel tiefer in der menschlichen Natur begründet liegt und auf einem edleren Motiv beruht, als es der Hass ist.

Dieser Mann, der vom ersten Augenblick seines Erscheinens an etwas in mir erregt hatte, was ich nur als neugierigen Widerwillen bezeichnen kann, war in einer Weise gekleidet, die einen gewöhnlichen Menschen lächerlich gemacht hätte. Obgleich nämlich seine Sachen elegant und gut gearbeitet waren, waren sie nach jeder Richtung hin bei Weitem zu groß für ihn. Die Hosenbeine hingen tief herab und waren aufgerollt, weil sie sonst auf den Boden geschleift hätten, die Taille des Rockes saß unter den Hüften, und der Kragen reichte bis auf die Schultern.

Es mag sonderbar scheinen, dass dieser spaßige Aufzug mich keineswegs zum Lachen brachte. Da, wie bei einer Missgeburt, etwas Unnormales in der ganzen Erscheinung dieses Geschöpfes lag, das mir jetzt sein Gesicht zukehrte – etwas Fesselndes, Überraschendes und Abstoßendes –, schien mir dieses Missverhältnis sogar zu ihm zu passen und den Eindruck zu verstärken. Meinem Interesse an des Mannes Beschaffenheit und Charakter gesellte sich daher eine Neugierde bei, die seine Herkunft, sein Leben, seine Vermögenslage und seine Stellung in der Welt betraf.

Obgleich die Aufzeichnung dieser Beobachtungen sehr viel Platz eingenommen hat, waren sie selbst doch das Werk von wenigen Sekunden. In Wirklichkeit brannte mein Besucher vor Aufregung lichterloh.

»Haben Sie es?« schrie er. »Haben Sie es?« Und seine Ungeduld war so stark, dass er sogar meinen Arm packte und mich zu schütteln versuchte.

Ich stieß ihn zurück, denn bei seiner Berührung schlich sich ein Gefühl eisiger Angst in mein Blut. »Mein Herr«, sagte ich, »Sie vergessen, dass ich bis jetzt noch nicht das Vergnügen Ihrer Bekanntschaft hatte. Bitte, nehmen Sie Platz!« Und ich ging ihm mit gutem Beispiel voran und setzte mich auf meinen gewohnten Platz, und zwar in so naturgetreuer Nachahmung meiner üblichen Art Patienten gegenüber, als es die späte Stunde, die Art der Gedanken, die mich beschäftigten, und der Schrecken, den mein Besucher mir einflößte, zuließen.

»Verzeihen Sie, Dr. Lanyon«, erwiderte er in höflichem Ton, »Sie haben ein Recht, so zu sprechen; meine Ungeduld hat mich die Höflichkeit vergessen lassen. Ich komme im Auftrage Ihres Kollegen Dr. Henry Jekyll, in einer Angelegenheit von einiger Wichtigkeit, und ich dachte ...«, er hielt inne, griff sich mit der Hand an die Kehle, und trotz seines beherrschten Wesens konnte ich sehen, dass er gegen einen Ausbruch von Hysterie ankämpfte. »Ich dachte – eine Schublade ...«

Hier erbarmte ich mich der qualvollen Spannung meines Besuchers und vielleicht auch ein wenig meiner eigenen wachsenden Neugierde.

»Da ist sie«, erwiderte ich, und wies auf die Schublade, die, noch verpackt, auf dem Fußboden hinter einem Tisch lag.

Er stürzte hin, hielt inne und legte seine Hand aufs Herz; ich konnte hören, wie seine Zähne unter der krampfhaften Bewegung seiner Kiefer knirschten, und sein Gesicht war so grässlich anzusehen, dass ich für sein Leben und seinen Verstand zu fürchten begann.

»Beruhigen Sie sich!« sagte ich.

Mit einem furchtbaren Lächeln drehte er sich nach mir um und entfernte dann wie in einem verzweifelten Entschluss die Papierhülle. Beim Anblick des Inhalts stieß er einen lauten Seufzer so unendlicher Erleichterung aus, dass ich wie versteinert dasaß. Und im nächsten Augenblick fragte er mit einer Stimme, über die er bereits wieder Gewalt hatte. »Haben Sie ein Messglas?«

Ich erhob mich mit einiger Anstrengung von meinem Platz und gab ihm das Gewünschte.

Er dankte, indem er lächelnd nickte, maß ein paar Tropfen der roten Flüssigkeit ab und fügte eins der Pulver hinzu. Die Mischung, die anfangs eine rötliche Färbung hatte, nahm, als die Kristalle schmolzen, eine hellere Farbe an, schäumte hörbar und entwickelte kleine Dampfwolken. Ganz plötzlich hörte das Schäumen auf, und die Verbindung verwandelte sich in tiefes Rot, das sich nun langsamer in ein wässriges Grün verwandelte. Mein Besucher, der diese Metamorphosen mit wachsamen Augen verfolgt hatte, lächelte, stellte das Glas auf den Tisch, wandte sich dann zu mir und sah mich mit prüfendem Blick an.

»Und nun«, meinte er, »wollen wir uns über das Weitere einigen. Werden Sie weise sein? Werden Sie sich beherrschen können? Werden Sie es ertragen, dass ich dieses Glas zur Hand nehme und ohne weitere Worte ihr Haus verlasse? Oder hat die Neugierde Sie zu fest in ihren Krallen? Denken Sie nach, bevor Sie antworten; denn es soll das geschehen, wofür Sie sich entscheiden. Je nachdem, wie Sie sich entscheiden, werden Sie bleiben, was Sie waren, weder reicher noch weiser, wenn nicht das Gefühl, einem Mann in tödlicher Not einen Dienst erwiesen zu haben, Reichtum der Seele genannt werden kann. Oder ein neues Wissensgebiet und neue Wege zu Ruhm und Macht werden sich Ihnen auftun, hier in diesem Zimmer, in dieser Minute, und Ihre Augen sollen von einem Wunder geblendet werden, das selbst Satans Ungläubigkeit ins Wanken bringen würde.«

»Mein Herr«, versetzte ich und täuschte eine Kaltblütigkeit vor, die ich nicht im entferntesten besaß, »Sie sprechen in Rätseln, und Sie werden sich kaum wundern, dass ich dem, was Sie sagen, keinen großen Glauben schenke. Doch bin ich auf dem Wege unerklärlicher Dienstleistungen schon zu weit gegangen, um stehenzubleiben, ehe ich das Ende gesehen habe.«

»Es ist gut«, entgegnete mein Besucher, »Lanyon, denken Sie an Ihren Eid: Was jetzt geschieht, ist für Sie Berufsgeheimnis. – Sie, der Sie so lange den engherzigsten materialistischen Ansichten gefrönt haben, Sie, der Sie die Wirksamkeit transzendentaler Medizin geleugnet haben, Sie, der Sie Leute verlacht haben, die Ihnen überlegen waren – geben Sie acht!«

Er führte das Glas an die Lippen und leerte es in einem Zug. Ein Schrei folgte – er taumelte, schwankte, griff nach dem Tisch und hielt sich mit hervorquellenden Augen und keuchendem Atem fest. Und da war es mir, als wenn sich unter meinen Blicken eine Wandlung vollzog – er schien zu wachsen –, sein Gesicht wurde plötzlich blauschwarz, und seine Züge schienen zu verschwimmen und sich zu verändern –, und im nächsten Augenblick sprang ich auf, taumelte rückwärts gegen die Wand und erhob, von Entsetzen gepackt, den Arm, wie um mich vor dem Ungeheuerlichen zu schützen.

»O Gott!« schrie ich, und wieder und immer wieder: »O Gott!« Denn dort vor meinen Augen – blass und zitternd und halb bewusstlos – mit den Händen um sich tastend wie einer, der ins Leben zurückgerufen wurde – stand Henry Jekyll.

Mein Geist vermag es nicht, das zu Papier zu bringen, was er mir im Verlauf der nächsten Stunde sagte. Ich habe es mit eigenen Augen gesehen und mit eigenen Ohren gehört, und meine Seele wurde krank. Noch jetzt, da der Anblick meinen Augen entschwunden ist, frage ich mich, ob ich es glaube – und finde keine Antwort. Meine Lebenskraft ist bis in ihre Wurzel erschüttert, der Schlaf flieht mich, der tödlichste Schrecken sitzt mir zu allen Stunden des Tages und der Nacht im Genick. Ich fühle, dass meine Tage gezählt sind und dass ich sterben muss, und doch werde ich ungläubig sterben. Was die moralische Schändlichkeit anbelangt, die der Mann, wenn auch mit Tränen der Reue, vor mir enthüllte, so kann ich, selbst in der Erinnerung nicht daran denken, ohne von einem Schauder des Entsetzens gepackt zu werden. Ich will Dir nur eins sagen, Utterson, und das wird, wenn Du es fertigbringst, mir zu glauben, mehr als genug sein: Die Kreatur, die in jener Nacht in mein Haus schlich, war, nach Jekylls eigener Aussage, unter dem Namen Hyde bekannt und wurde im ganzen Land als Mörder von Sir Danvers Carew verfolgt.«

Hastie Lanyon

Henry Jekylls vollständige Darlegung des Falles

ICH WURDE im Jahre 18… als Erbe eines großen Vermögens geboren, hatte glänzende Gaben mitbekommen, neigte meiner Natur nach zum Fleiß, genoss die Achtung kluger und guter Mitmenschen und hatte, wie man hätte annehmen sollen, die gewisse Aussicht auf eine ehrenvolle und angesehene Zukunft. Tatsächlich war mein schlimmster Fehler eine gewisse ausschweifende Veranlagung, die manchen Menschen Glück bedeutet. Ich aber konnte sie schwer mit dem heftigen Wunsch in Einklang bringen, meinen Mitmenschen mit erhobenem Haupt und ungewöhnlich gesetzter Miene begegnen zu können.

So kam es, dass ich meine Vergnügungen verbarg, und als ich in die Jahre kam, wo man überlegt, und als mir meine Erfolge und die Stellung, die ich einnahm, zum Bewusstsein kamen, war ich bereits einem ausgesprochenen Doppelleben verfallen. Mancher würde sich vielleicht mit dem, was ich tat, gebrüstet haben; doch da ich mir hohe Ziele gesetzt hatte, betrachtete und verbarg ich es mit einem fast krankhaften Schamgefühl. Es war mehr die ernsthafte Art meines Strebens als eine besondere Niedrigkeit meiner Fehler, was mich zu dem machte, was ich war, und mit einem tieferen Schnitt als bei der Mehrzahl der Menschen die Sphäre des Guten und des Bösen in mir trennte, die die zwiefache Natur des Menschen ausmacht.

Das brachte mich dahin, viel und hartnäckig über jenes unerbittliche Naturgesetz nachzudenken, das seine Wurzeln in der Religion hat und eine der stärksten Quellen des Leides ist. Trotz dieser tiefen Zwiespältigkeit war ich doch in keiner Weise ein Heuchler, denn mit beiden war es mir todernst. Ich war genau so ich selbst, wenn ich alle Hemmungen abschüttelte und in Schändlichkeit untertauchte, wie wenn ich, angesichts des Tages, an der Förderung der Wissenschaft oder an der Linderung von Not und Elend arbeitete.

Und so geschah es, dass die Richtung meiner wissenschaftlichen Forschungen, die völlig dem Mystischen und Transzendentalen zuneigten, auf dieses Bewusstsein des dauernden Krieges in mir selbst zurückwirkte und es in hellem Licht erscheinen ließ. Mit jedem Tag, und zwar sowohl von der moralischen als von der intellektuellen Seite meines Denkens aus, geriet ich der Wahrheit näher, deren teilweise Entdeckung mich so furchtbaren Schiffbruch hat leiden lassen: Nämlich, dass der Mensch in Wahrheit nicht einer ist, sondern tatsächlich zwei. Ich sage zwei, weil das Gebiet meiner eigenen Erfahrungen nicht über diesen Punkt hinausgeht.

Es werden andere kommen und mich auf meinem Weg überflügeln, und ich wage die Vermutung, dass dermaleinst ein einzelner Mensch als ganzes Staatswesen mannigfacher, verschiedenartiger und voneinander unabhängiger Bürger gelten wird. Ich für mein Teil habe mich, meiner Natur gemäß, unvermeidlich in einer Richtung fortbewegt und nur in einer. Ich erfuhr an mir selbst, und zwar in moralischer Beziehung, die völlige und ursprüngliche Zwiespältigkeit des Menschen. Wenn die beiden Wesen in meinem Bewusstsein miteinander rangen, selbst wenn ich für eins von ihnen gehalten wurde, konnte das nur geschehen, weil beide in mir wurzelten.

Und schon früh, schon ehe der Verlauf meiner wissenschaftlichen Entdeckungen anfing, mir die bloße Möglichkeit eines solchen Wunders vorzugaukeln, verweilte ich mit Genuss, wie bei einem Lieblingstraum, bei dem Gedanken einer Trennung dieser Elemente. Wenn jedes, so sagte ich mir, in verschiedenen Körpern untergebracht werden könnte, so würde das Leben von all dem befreit werden, was es unerträglich macht. Der Böse könnte, unberührt von dem Streben und den Gewissensbissen seines besseren Ichs, seinen Weg gehen, und der Gute könnte festen Schrittes und sicher seinen aufwärtsführenden Pfad beschreiten; er könnte gute Werke tun, in denen er Befriedigung fände, und wäre durch das ihm fremde Böse nicht länger der Schande und der Reue ausgesetzt. Es war der Fluch der Menschheit, dass diese verschiedenartigen Elemente so zusammengeschweißt waren, dass die entgegengesetzten Ichs in den Tiefen des gequälten Bewusstseins dauernd miteinander ringen mussten. – Wie, wenn man sie trennte?!

So weit war ich in meinen Betrachtungen gekommen, als mir vom Laboratoriumstisch her eine Erleuchtung kam. Ich spürte deutlicher, als es bisher je berichtet worden ist, die schwankende Wesenlosigkeit, die nebelgleiche Vergänglichkeit dieses anscheinend so festgefügten Körpers, in den gekleidet wir einhergehen. Ich fand, dass gewisse Kräfte die Macht haben, an diesem fleischlichen Gewand zu reißen und zu zerren, so wie der Wind an den Vorhängen eines Gartenhauses zausen kann. Aus zwei guten Gründen will ich nicht tiefer auf den wissenschaftlichen Teil meines Geständnisses eingehen. Erstens, weil ich zu dem Wissen gelangt bin, dass das Schicksal und die Bürde des Lebens für immer auf den Schultern des Menschen lasten; wenn der Versuch gemacht wird, sie abzuschütteln, so kehren sie nur mit neuem und fürchterlichem Druck zu uns zurück. Zweitens, weil meine Entdeckungen – wie meine Erzählung es leider nur zu deutlich machen wird – unvollständig waren. Es mag genügen, dass ich nicht nur meinen irdischen Körper als bloßen Wohnsitz und als Ausstrahlung gewisser Kräfte, die meinen Geist bildeten, erkannte, sondern auch, dass es mir gelang, eine Medizin herzustellen, durch die diese Kräfte entthront wurden. An ihre Stelle traten ein zweites Äußeres und ein zweites Gesicht, die nicht weniger zu mir passten, da sie den Stempel niederer Triebe meiner Seele trugen und ihr Ausdruck waren.

Ich zögerte lange, bis ich diese Theorie in die Praxis umsetzte. Ich wusste, dass ich mein Leben dabei aufs Spiel setzte. Denn eine Medizin, die so mächtig an dem Bollwerk der Identität rüttelte und es bezwang, konnte durch die geringste Überdosierung oder durch die kleinste Unachtsamkeit im Augenblick der Einverleibung den Körper, den ich umwandeln wollte, völlig vernichten.

Aber die Versuchung, eine derart einzigartige und einschneidende Entdeckung zu machen, brachte schließlich die Stimme der Furcht zum Schweigen. Ich hatte meine Tinktur schon seit Langem hergestellt, nun verschaffte ich mir von einer Großhandelsfirma für Chemikalien eine größere Menge eines besonderen Salzes, das, wie ich von meinen Versuchen her wusste, der letzte erforderliche Bestandteil war. Und in einer verwünschten Nacht verband ich die Elemente, beobachtete, wie sie sich kochend und schäumend im Glas vereinigten, und als die Wallung sich gelegt hatte, trank ich, von Mut durchglüht, das Gebräu.

Die mörderlichsten Qualen folgten: Ein Knirschen in den Knochen, eine tödliche Übelkeit und ein Angstgefühl, wie es sich nicht schlimmer in der Geburts- oder Sterbestunde äußern kann. Dann legte sich die Agonie schnell, und ich kam, wie nach einer tiefen Ohnmacht, wieder zu mir. Da war etwas Fremdes in meinen Empfindungen, etwas unbeschreiblich Neues und in seiner Neuheit unglaublich Süßes. Ich fühlte mich jünger, leichter, glücklicher, empfand eine berauschende Unbekümmertheit, die in meiner Phantasie eine Fülle sich überstürzender, sinnlicher Vorstellungen hervorrief, und nahm eine Lösung aller Bande der Verantwortlichkeit wahr, eine bisher unbekannte, aber nicht unschuldsvolle innere Befreitheit der Seele.

Vom ersten Atemzug dieses neuen Lebens an war ich mir bewusst, schlechter – zehnfach schlechter – und Sklave des ursprünglich Bösen in mir zu sein, und der Gedanke stärkte und berauschte mich in jenem Augenblick wie Wein. Die Neuartigkeit dieser Empfindungen ließ mich frohlockend die Arme ausbreiten, und dabei wurde es mir plötzlich bewusst, dass ich kleiner geworden war.

Damals war noch kein Spiegel in meinem Zimmer. Der jetzt, während ich schreibe, neben mir steht, wurde erst später und eigens für die Zwecke dieser Umwandlungen hingebracht. Die Nacht war schon weit fortgeschritten, wurde schon vom Morgen abgelöst, der, wenngleich noch dunkel, doch schon bereit war, den Tag zu empfangen. Die Bewohner meines Hauses lagen zur dieser Stunde im festen Schlaf, und so entschloss ich mich, von Hoffnung und Triumph geschwellt, mich in meiner neuen Gestalt bis in mein Schlafzimmer zu wagen. Ich schritt über den Hof, wo die Sterne, wie ich glaubte, voller Verwunderung auf mich nieder blickten, als auf das erste Geschöpf dieser Art, das sich ihrer steten Wachsamkeit offenbarte. Ich stahl mich durch die Korridore, ein Fremdling im eigenen Haus, und als ich in meinem Zimmer angelangt war, erblickte ich zum ersten Mal die Erscheinung von Edward Hyde.

Ich kann hier nur rein theoretisch sprechen und nicht sagen, was ich weiß, sondern nur das, was ich für das Wahrscheinlichste halte. Die schlechte Seite meines Wesens, der ich jetzt leibhaftige Form gegeben hatte, war weniger stark und weniger entwickelt als die gute, die ich gerade abgeschüttelt hatte. Im Verlauf meines Lebens, das trotz allem zu neun Zehnteln ein Leben der Arbeit, der Tugend und der Selbstbeherrschung gewesen war, war das Böse viel weniger geübt worden und zutage getreten. Daher kam es, wie ich glaube, dass Edward Hyde so viel kleiner, schwächer und jünger war als Henry Jekyll. So wie das Gute die Züge des einen durchleuchtete, so stand das Böse klar und deutlich auf dem Gesicht des andern geschrieben. Das Böse, das ich immer noch für den sterblichen

Teil im Menschen halte, hatte übrigens jener Gestalt einen Stempel von Missgestaltung und Zwergenhaftigkeit aufgedrückt. Aber als ich das hässliche Zerrbild im Spiegel erblickte, wurde ich mir keines Widerwillens bewusst, eher eines Gefühls freudiger Begrüßung. Das da war ebenfalls ich. Es erschien mir natürlich und menschlich. In meinen Augen war es ein lebendigeres Abbild des Geistes, es schien mir ausdrucksvoller und eigenartiger als das andere, unvollkommene Gesicht, das ich bisher als das meine betrachtet hatte. Und soweit hatte ich zweifellos recht. Ich habe beobachtet, dass, wenn ich Edward Hydes Züge trug, mir niemand nahen konnte, ohne auf den ersten Blick eine sichtbare Abwehr zu empfinden. Ich führe es darauf zurück, dass alle menschlichen Wesen, denen wir begegnen, ein Gemisch von Gut und Böse sind; Edward Hyde, als einziger unter allen Menschen, war ausschließlich böse.

Ich verweilte nur einen Augenblick vor dem Spiegel; das zweite und endgültige Experiment musste noch gemacht werden. Noch musste ich herausfinden, ob ich meine Identität, ohne Möglichkeit der Wiedergewinnung, verloren hatte und noch vor Tagesanbruch aus einem Hause fliehen musste, das nicht länger mir gehörte. Ich eilte in mein Arbeitszimmer zurück, mischte und trank noch einmal die Medizin, machte noch einmal die Todesqualen durch und kam mit dem Wesen, der Gestalt und dem Gesicht von Henry Jekyll wieder zu mir.

In jener Nacht stand ich an dem verhängnisvollen Scheideweg. Wäre ich in edlerer Gemütsverfassung an meine Entdeckung herangegangen, wäre ich bei dem Experiment von großmütigen und frommen Bestrebungen geleitet worden, so hätte alles anders kommen müssen, und ich wäre aus diesen Todes- und Geburtswehen als Engel statt als Teufel hervorgegangen. Die Medizin besaß keine Fähigkeit der Unterscheidung – sie war weder teuflisch noch göttlich. Sie öffnete meinen Anlagen nur die Tür ihres Gefängnisses, und sie entwichen wie die Gefangenen von Philippi. Damals schlief meine Tugend; das Böse in mir, durch Ehrgeiz wachgehalten, lag auf der Lauer, bereit, die Gelegenheit zu erfassen, und was zutage gefördert wurde – war Edward Hyde. Und obgleich ich nun sowohl zwei Charaktere als auch zwei äußere Erscheinungen besaß, so war das eine Wesen vollkommen böse, und das andere war immer noch der alte Henry Jekyll, der aus Verschiedenartigem zusammengesetzt war und an dessen Verbesserung und Vervollkommnung ich schon hatte verzweifeln wollen. Es war also ganz und gar eine Veränderung zum Schlechteren.

Zu jener Zeit hatte ich meine Abneigung gegen ein Leben trockenen Studiums noch nicht bekämpft. Ich pflegte zeitweise noch sehr unternehmungslustig zu sein. Da meine Vergnügungen zumindest unwürdig waren, ich aber andrerseits nicht nur stadtbekannt und hoch angesehen war, sondern auch älter wurde, empfand ich den Widerspruch in meinem Leben täglich störender. In dieser Richtung führte mich meine neue Macht in Versuchung, bis ich in Sklaverei fiel. Ich brauchte nur den Trank zu schlucken, um sofort den Körper des berühmten Gelehrten abzulegen und wie in einen Mantel in den von Edward Hyde zu schlüpfen. Bei dieser Vorstellung lächelte ich; damals erschien es mir komisch, und ich traf mit eifriger Sorgfalt meine Vorbereitungen.

Ich mietete und richtete jenes Haus in Soho ein, in dem Hyde durch die Polizei gesucht wurde, und stellte als Haushälterin eine Person an, die ich als verschwiegen und skrupellos kannte. Meinen Dienstboten wiederum erklärte ich, dass ein Mr. Hyde, den ich beschrieb, in meinem Haus und Grundstück volle Freiheit und Macht genießen sollte, und, um unglücklichen Zufällen vorzubeugen, ließ ich mich in meiner zweiten Gestalt dort sehen und machte mich zu einer vertrauten Erscheinung. Sodann setzte ich das Testament auf, gegen das Du so viel einzuwenden hattest, damit, wenn mir etwas in der Person von Henry Jekyll zustoßen sollte, ich mich ohne pekuniäre Verluste in die von Edward Hyde umwandeln konnte. Und so nach allen Seiten gesichert, wie ich glaubte, begann ich aus der seltsamen Immunität meiner Lage Nutzen zu ziehen.

Früher haben die Menschen Banditen gedungen, um ihre Verbrechen auszuführen, während ihre eigene Person und ihr Ruf gedeckt waren. Ich war der erste, der es um seiner Vergnügungen willen tat. Ich war der erste, der in den Augen der Welt unter der Bürde verdienter Achtung einhergehen und im nächsten Augenblick wie ein Schuljunge diese Fesseln abstreifen und in ein Meer von Freiheit tauchen konnte. In meinem undurchdringlichen Gewand war für mich die Sicherheit vollkommen. Denk doch – ich existierte ja gar nicht! Ich brauchte nur in meine Laboratoriumstür zu schlüpfen, in dem Zeitraum einiger Sekunden die Medizin zu mischen und zu trinken, die immer bereit dastand, und – was Edward Hyde auch begangen haben mochte – er verschwand wie der Hauch des Atems an einem Spiegel, und an seiner statt saß ruhig beim Schein der mitternächtlichen Lampe in seinem Arbeitszimmer ein Mann, der es sich leisten konnte, über einen Verdacht zu lachen – Henry Jekyll.

Die Vergnügungen, die ich eiligst in meiner Verkleidung aufsuchte, waren, wie ich schon gesagt habe, unwürdig; einen härteren Ausdruck brauche ich nicht darauf anzuwenden. Unter der Führung von Edward Hyde aber nahmen sie bald einen ungeheuerlichen Umfang an. Wenn ich von solchen Exkursionen zurückkam, habe ich mich oft über die Verderbtheit meines anderen Ichs gewundert. Dieser Vertraute, den ich aus meiner eigenen Seele herauslöste und allein aussandte, um seinem Vergnügen nachzugehen, war ein von Grund auf boshaftes und schändliches Geschöpf; all seine Handlungen und Gedanken waren selbstisch. Mit tierischer Gier sog er

Genuss aus der Qual anderer, unbarmherzig wie ein Steinbild. Zuzeiten stand Henry Jekyll entsetzt vor den Taten Edward Hydes. Doch unterlag diese Situation nicht den gewöhnlichen Gesetzen, und die Stimme des Gewissens wurde heimtückisch zum Schweigen gebracht. Schließlich war es Hyde, und Hyde allein, der schuldig war. Jekyll wurde deshalb nicht schlechter, er erwachte stets wieder – anscheinend unverändert – mit seinen guten Eigenschaften und beeilte sich, wo es möglich war, das wiedergutzumachen, was Hyde Böses getan hatte. Dadurch schläferte er sein Gewissen ein.

Ich habe nicht die Absicht, im Einzelnen auf die Schändlichkeiten einzugehen, die ich auf diese Art duldete (denn noch jetzt bin ich nicht der Ansicht, dass ich sie beging). Ich möchte nur die Warnungszeichen und die Vorboten erwähnen, die meine Strafe ankündigten. Es ereignete sich etwas, was ich nur kurz streifen will, weil es keine weiteren Folgen hatte. Ein Akt der Grausamkeit gegen ein Kind brachte einen Vorübergehenden gegen mich auf, den ich neulich in der Person Deines Verwandten wiedererkannte. Der Arzt und die Familie des Kindes schlugen sich auf seine Seite, und es gab Augenblicke, da ich für mein Leben fürchtete.

Schließlich musste Edward Hyde die Leute, um ihre nur zu gerechte Empörung zu besänftigen, zu der Tür führen und sie mit einem von Henry Jekyll ausgestellten Scheck bezahlen. Diese Gefahr war jedoch für die Zukunft leicht aus der Welt geschafft durch Eröffnung eines Kontos auf den Namen Edward Hyde bei einer anderen Bank, und nachdem ich meinem zweiten Ich durch Verstellen meiner Handschrift eine Unterschrift verschafft hatte, glaubte ich, vom Schicksal nicht mehr erreicht werden zu können.

Etwa zwei Monate vor der Ermordung von Sir Danvers war ich auf Abenteuer aus gewesen, war zu später Stunde zurückgekehrt und wachte am nächsten Morgen mit einer seltsamen Empfindung auf. Es nützte nichts, dass ich mich umblickte, dass ich die schönen Möbel und die stattliche Größe meines an dem Platz gelegenen Zimmers betrachtete und dass ich das Muster am Betthimmel und die Form des Mahagonirahmens erkannte – etwas in mir bestand darauf, dass ich nicht dort war, wo ich mich befand, dass ich nicht dort erwacht war, wo ich zu sein schien, sondern in dem kleinen Zimmer in Soho, wo ich in der Gestalt von Edward Hyde zu schlafen pflegte. Ich lachte mich selbst aus, und in meiner Art, den Sachen psychologisch auf den Grund zu gehen, begann ich allmählich nach den Ursachen dieser Vorstellung zu forschen, fiel dabei aber hin und wieder in einen leichten Morgenschlummer.

Während ich so döste, fielen meine Blicke in einem wacheren Augenblick auf meine Hand. Nun war die Hand von Henry Jekyll (wie Du oft konstatiert hast) in Größe und Form die eines Arztes: breit, fest, weiß und wohlgebildet. Aber die Hand, die ich jetzt deutlich im gelben Licht eines Londoner Morgens halb geschlossen auf dem Bettuch liegen sah, war mager, verkrümmt, knochig, von schwärzlicher Blässe und dicht mit dunklen Haaren bedeckt. Es war die Hand von Edward Hyde. Ich muss wohl eine halbe Minute, stumpfsinnig in die Betrachtung dieses Wunders vertieft, darauf hingestarrt haben, bevor mich – plötzlich und erschreckend wie Posaunenton – Entsetzen packte.

Ich sprang aus dem Bett und vor den Spiegel. Bei dem Anblick, der sich mir bot, gefror mir das Blut in den Adern. Ja, als Henry Jekyll war ich zu Bett gegangen, und als Edward Hyde war ich aufgewacht. Wie war das zu erklären? – fragte ich mich, und gleich darauf mit erneutem Schrecken, wie war dem abzuhelfen? Es war schon spät am Morgen, die Dienstboten waren wach, meine Medizin befand sich in meinem Arbeitszimmer – eine weite Reise – zwei Treppen hinunter, durch den hinteren Flur, über den offenen Hof und durch das Laboratorium. Der Schreck darüber lähmte mich. Wohl wäre es möglich gewesen, mein Gesicht zu bedecken, aber was nützte das, wenn ich nicht imstande war, meine Gestalt zu verbergen?

Aber plötzlich, mit einem überwältigend köstlichen Gefühl der Erleichterung, erinnerte ich mich daran, dass ja die Dienstboten bereits an das Kommen und Gehen meines zweiten Selbst gewöhnt waren. Schnell hatte ich mich, so gut es ging, mit Sachen meiner eigenen Größe bekleidet und war durch das Haus geeilt, wo Bradshaw große Augen machte und zurückwich, als er Mr. Hyde zu solcher Stunde und in solch einem Aufzug sah. Zehn Minuten später hatte Dr. Jekyll wieder seine eigene Gestalt angenommen, setzte sich mit umwölkter Stirn nieder und gab sich den Anschein zu frühstücken.

Der Appetit war mir begreiflicherweise vergangen. Dieser unerklärliche Vorgang, der meine bisherige Erfahrung über den Haufen warf, schien mir wie ein Menetekel an der Wand, das meine Verurteilung bedeutete, und ich fing an, ernster als je zuvor, über die Folgen und Möglichkeiten meiner doppelten Existenz nachzudenken. Jener Teil meines Wesens, dem ich durch meine Macht Gestalt verleihen konnte, hatte sich in letzter Zeit oft bestätigt und entwickelt. Neuerdings schien es mir, als ob der Körper von Edward Hyde gewachsen wäre, als ob mir (wenn ich seine Gestalt annahm) das Blut feuriger durch die Adern rollte. Ich fing an, Gefahr zu wittern – die Gefahr, dass, wenn dies länger fortgesetzt würde, das Gleichgewicht meines Wesens für die Dauer verlorengehen, die Macht freiwilliger Verwandlung verwirkt und der Charakter von Edward Hyde unwiderruflich der Meinige werden könnte. Die Wirkung der Medizin war nicht immer gleich stark gewesen.

Einmal, zu Beginn meiner Laufbahn, hatte sie völlig versagt. Seither hatte ich mehr als einmal die Menge verdoppeln, einmal sogar unter Lebensgefahr verdreifachen müssen, und diese gelegentliche Unzuverlässigkeit hatte von da an den einzigen Schatten auf meine Zufriedenheit geworfen. Nun aber, und im Lichte des morgendlichen Vorfalles gesehen, wurde mein Augenmerk darauf gerichtet, dass, wenn anfangs eine Schwierigkeit bestand, mich des Körpers von Jekyll zu entäußern, sich das neuerdings allmählich aber entschieden ins Gegenteil verwandelt hatte. Somit schien alles darauf hinzuweisen, dass mir mein ursprüngliches, besseres Ich langsam entglitt und ich allmählich in mein zweites, schlechteres verwandelt wurde.

Ich fühlte, dass ich jetzt zwischen beiden wählen müsste. Meine beiden Wesen hatten die Erinnerung miteinander gemein, alle anderen Eigenschaften waren äußerst ungleich unter sie verteilt. Jekyll, der aus beiden Elementen Zusammengesetzte, plante und teilte, bald mit leichterregter Besorgnis, bald mit gierigem Vergnügen, die Genüsse und Abenteuer von Hyde. Hyde dagegen war gleichgültig gegenüber Jekyll oder dachte an ihn nicht anders, als der Räuber in den Bergen an die Höhle denkt, in der er sich vor Verfolgung verbirgt. Jekylls Interesse war das eines Vaters, Hydes Gleichgültigkeit die eines Sohnes.

Mein Los mit Jekyll verknüpfen hieß auf die Begierden verzichten, denen ich so lange im Geheimen und in letzter Zeit im Übermaß gefrönt hatte. Es mit Hyde zu verknüpfen, hieß tausend Interessen und Bestrebungen aufzugeben und mit einem Schlage und für immer verachtet und freundlos zu sein. Der Einsatz mochte ungleich erscheinen, doch war noch eine andere Betrachtung auf die Waagschale zu legen: Während Jekyll heftig in den Feuern der Enthaltsamkeit schmachten würde, würde Hyde sich nicht einmal dessen bewusst werden, was er verloren hatte. So seltsam meine Lage war, so waren die Dinge, um die sich dieser Kampf drehte, so alt und alltäglich wie die Menschheit selbst. Aus denselben Anlässen und Befürchtungen waren schon für manchen in Versuchung geratenen und zitternden Sünder die Würfel gefallen. Und mir erging es, wie es der Mehrzahl meiner Mitmenschen ergeht: Ich wählte das bessere Teil und hatte nicht die Kraft, daran festzuhalten.

Ja, ich wählte den ältlichen, grämlichen Doktor, der von Freunden umgeben war und ehrenhaften Zielen zustrebte, und sagte der Freiheit, der Jugend, dem leichten Gang, dem jagenden Puls und den geheimen Ausschweifungen, die ich in der Gestalt von Hyde genossen hatte, entschlossen Lebewohl. Vielleicht traf ich diese Wahl mit einem unbewussten Vorbehalt; denn weder gab ich das Haus in Soho auf, noch vernichtete ich die Kleidung von Edward Hyde, die immer noch in meinem Arbeitszimmer bereitlag. Zwei Monate aber blieb ich meinem Entschluss treu, zwei Monate lang führte ich ein derart strenges Leben, wie ich es nie zuvor fertiggebracht hatte, und genoss als Ausgleich die Wohltat eines guten Gewissens. Aber mit der Zeit verblasste die Heftigkeit meiner Befürchtungen, das gute Gewissen wurde etwas Selbstver-ständliches, ich fing an, von schmerzlichem Verlangen gepeinigt zu werden, so, als ob Hyde nach Freiheit rang, und endlich mischte ich in einer schwachen Stunde die ver-wandelnde Medizin und nahm sie ein.

Ich glaube nicht, dass sich ein Trunkenbold, wenn er über sein Laster nachdenkt, von fünfhundert Malen auch nur ein einziges Mal der Gefahr bewusst wird, der er durch seine tierische, körperliche Gefühllosigkeit ausgesetzt ist. Genauso wenig hatte ich, seit ich meine Lage überdachte, die völlige, moralische Unempfindlichkeit und rücksichtslose Bereitschaft zum Bösen, die die hervorstechendsten Eigenschaften von

Edward Hyde waren, genügend in Betracht gezogen. Und gerade durch diese wurde ich gestraft. Der Teufel in mir war lange gefangen gewesen, und brüllend kam er zum Vorschein. Schon als ich die Medizin nahm, wurde ich mir eines ungezähmteren, wütenderen Hanges zum Bösen bewusst. Ich glaube, er war es auch, der in meinem Inneren den Sturm von Ungeduld entfachte, mit der ich den höflichen Worten meines unglücklichen Opfers lauschte. Jedenfalls erkläre ich vor Gott dem Herrn, dass kein moralisch zurechnungsfähiger Mensch sich dieses Verbrechens auf eine so klägliche Herausforderung hin schuldig gemacht hätte und dass ich mich, als ich zuschlug, in keiner vernünftigeren Gemütsverfassung befand als ein krankes Kind, das sein Spielzeug zertrümmert. Aber ich hatte freiwillig all die abwägenden Instinkte abgestreift, die selbst den Bösesten unter uns mit einem gewissen Grad von Festigkeit inmitten von Versuchungen einhergehen lassen; darum bedeutete in meinem Fall in Versuchung kommen, und mochte sie noch so gering sein, ihr unterliegen.

Urplötzlich erwachte der Geist der Hölle und raste in mir. In einer Art Ekstase schlug ich auf den widerstandslosen Körper los und empfand Wonne bei jedem Schlag. Erst als sich Müdigkeit bei mir einstellte, wurde ich plötzlich, auf dem Höhepunkt meines Deliriums, bis ins Herz von kaltem Entsetzen gepackt. Der Nebel teilte sich, ich sah, dass mein Leben zerstört war und floh vom Schauplatz meiner Ausschweifung, frohlockend und zitternd zugleich, da meine Lust am Bösen befriedigt und angeregt, meine Liebe zum Leben aufs Höchste gesteigert worden war. Ich lief zu dem Haus in Soho und verbrannte meine Papiere, um meine Sicherheit zwiefach zu befestigen, dann nahm ich meinen Weg durch die lichterhellen Straßen in derselben geteilten Hochstimmung, weidete mich an meinem Verbrechen und ersann leichtsinnig für die Zukunft neue Untaten, dabei aber hastete ich vorwärts und glaubte hinter mir schon die Schritte der Verfolger zu vernehmen. Hyde hatte ein Lied auf den Lippen, als er die Medizin mischte und sie trank auf das Wohl des toten Mannes.

Die Qualen der Verwandlung waren kaum vorüber, als Henry Jekyll mit strömenden Tränen der Dankbarkeit und der Reue auf die Knie fiel und seine gefalteten Hände zu Gott erhob. Der Schleier der Selbstbeschönigung war mitten durchgerissen, und ich sah mein ganzes Leben vor mir liegen. Ich sah die Tage der Kindheit, als ich an der Hand meines Vater spazierenging, sah die Zeiten selbstverleugnender Arbeit im beruflichen Leben und kam wieder und immer wieder mit dem gleichen Gefühl der Unwirklichkeit zu den verfluchten Schrecknissen dieses Abends zurück. Ich hätte laut herausschreien können, ich versuchte, die Fülle grauenhafter Bilder und Laute, die meine Erinnerung gegen mich anmarschieren ließ, in Tränen und Gebeten zu ersticken, und doch starrte mich während meiner Gebete das hässliche Gesicht meiner Schlechtigkeit an.

Als die Heftigkeit der Selbstvorwürfe nachließ, machte sie einem Gefühl von Freude Platz. Das Problem meiner künftigen Position war gelöst. Hyde war unmöglich geworden. Ob ich wollte oder nicht, ich musste mich jetzt auf das bessere Teil meines Ichs beschränken, und ach, wie froh war ich bei dem Gedanken! Mit welch bereitwilliger Demut begrüßte ich die Einschränkungen einer normalen Lebensweise! In aufrichtiger Entsagung verschloss ich die Tür, durch die ich so oft ein und aus gegangen war, und zertrat den Schlüssel mit dem Absatz.

Am nächsten Tag erschienen die Berichte, dass der Mörder erkannt worden, dass Hydes Schuld aller Welt offenbar war und dass das Opfer ein Mann von hohem öffentlichen Ansehen gewesen war. Es war nicht nur ein Verbrechen, es war eine tragische Torheit gewesen. Ich glaube, ich war froh, es zu wissen; ich glaube, ich war froh, dass meine besseren Triebe auf diese Art, durch die Angst vor dem Schafott, gestärkt und behütet wurden. Jekyll war jetzt mein Zufluchtsort. Sollte sich Hyde auch nur für einen Augenblick sehen lassen, so würde sich alle Welt auf ihn stürzen und ihn niedermachen.

Ich beschloss, durch mein künftiges Betragen das Vergangene wiedergutzumachen, und ich kann ehrlich sagen, dass mein Entschluss gute Früchte getragen hat. Du weißt selbst, wie ich in den letzten Monaten des vergangenen Jahres ernstlich bemüht war, Leiden zu lindern. Du weißt, dass ich viel für andere getan habe und dass die Tage ruhig, ja fast glücklich für mich dahinflossen. Ich kann nicht einmal sagen, dass ich dieses wohltätigen und unschuldigen Lebens müde wurde; nein, ich genoss es täglich mehr. Doch lag meine Zwiespältigkeit immer noch wie ein Fluch auf mir, und als sich die erste Heftigkeit meiner Reue gelegt hatte, begannen meine niederen Triebe, die so lange genährt und so plötzlich in Ketten gelegt worden waren, nach Befreiung zu lechzen. Nicht, dass ich daran dachte, Hyde wieder zu erwecken, der bloße Gedanke brachte mich dem Wahnsinn nahe – nein, in eigener Person wurde ich noch einmal versucht, mit meinem Gewissen zu spielen, und als gemeiner, heimlicher Sünder gab ich schließlich dem Ansturm der Versuchung nach.

Alle Dinge kommen einmal zum Abschluss; selbst das geräumigste Maß wird einmal voll, und dieses kurze Nachgeben gegenüber dem Bösen in mir zerstörte zuletzt das Gleichgewicht meiner Seele. Und doch ängstigte ich mich nicht; der Fall schien mir natürlich, wie eine Wiederkehr der alten Zeiten, ehe ich meine Entdeckung gemacht hatte.

Es war an einem schönen, klaren Tag im Januar; auf der Erde, wo es getaut hatte, war es nass, aber der Himmel war wolkenlos. Im Regent's Park hörte man das winterliche Gezwitscher der Spatzen, doch roch es schon nach Frühling.

Ich saß auf einer Bank in der Sonne; das Tier in mir schwelgte in Erinnerungen, mein Geist – etwas eingeschläfert – war zu späterer Reue bereit, aber noch nicht in der Stimmung, damit zu beginnen. Ich überlegte, dass ich mich eigentlich nicht von meinen Mitmenschen unterschied, und ich lächelte, als ich mich mit anderen verglich, meinen tatkräftigen guten Willen an der trägen Grausamkeit ihrer Unterlassungen messend.

Kaum hatte ich diesen selbstherrlichen Gedanken zu Ende gedacht, als mich eine Anwandlung entsetzlicher Übelkeit, verbunden mit Schüttelfrost befiel. Sie hinterließ eine große Schwäche, und als auch diese überwunden war, wurde ich mir einer Veränderung in meinen Gedankengängen bewusst, einer größeren Kühnheit, einer Nichtachtung der Gefahr und eines Fallens aller Schranken von Verantwortlichkeit. Ich blickte an mir herab: Mein Anzug hing formlos an meinen zusammen-geschrumpften Gliedern, die Hand, die auf meinem Knie lag, war knochig und behaart – ich war wieder einmal Edward Hyde. Noch vor einem Augenblick war ich der Achtung aller Menschen gewiss – wohlhabend und beliebt – der Tisch zu Hause war für mich gedeckt – und plötzlich war ich der gemeinste Abschaum der Menschheit, verfolgt und heimatlos, ein bekannter Mörder – dem Galgen verfallen. Mein Verstand verwirrte sich, doch ließ er mich nicht ganz im Stich. Ich habe schon mehrfach bemerkt, dass sich meine Eigenschaften in meiner zweiten Gestalt zuzuspitzen schienen und mein Denkvermögen straffer und elastischer war.

So kam es, dass, wo Jekyll vielleicht unterlegen wäre, Hyde sich der Bedeutung des Augenblicks anpasste. Meine Medizin befand sich in einem der Schränke meines Arbeitszimmers; wie konnte ich dazu gelangen? Dieses Problem versuchte ich – die Hände an die Schläfen gepresst – zu lösen. Die Laboratoriums-tür hatte ich verschlossen. Wenn ich versucht hätte, durch mein Haus hinzugelangen, hätten mich meine eigenen Dienstboten dem Galgen ausgeliefert. Ich sah ein, dass ich mich fremder Hilfe bedienen musste, und dachte an Lanyon. Aber wie sollte ich ihn erreichen und wie ihn überzeugen? Angenommen selbst, ich entginge meiner Festnahme in den Straßen, wie sollte ich mich bei ihm einführen? Wie sollte ich – ein fremder und lästiger Besucher den berühmten Arzt dazu bewegen, in das Arbeitszimmer seines Kollegen Dr. Jekyll einzubrechen? Aber da fiel mir ein, dass mir von meinem ursprünglichen Selbst etwas geblieben war: meine Handschrift! Und kaum hatte ich diesen Lichtpunkt wahrgenommen, als auch schon der Weg, den ich einzuschlagen hatte, klar und deutlich vor mir lag.

Daraufhin brachte ich, so gut es ging, meine Kleidung in Ordnung, rief eine vorbeifahrende Droschke an und fuhr in ein Hotel in Portland Street, an dessen Namen ich mich durch Zufall erinnerte. Bei meinem Anblick (der wirklich komisch genug war, welch tragisches Geschick diese Kleidung auch deckte) konnte der Kutscher seine Heiterkeit nicht verbergen. Ich knirschte in einem Anfall teuflischer Wut mit den Zähnen, und das Lächeln erstarb auf seinen Lippen.

Das war sein Glück, noch mehr aber mein eigenes; denn im nächsten Augenblick hätte ich ihn vom Bock heruntergerissen. In dem Gasthaus sah ich mich bei meinem Eintritt mit so finsterer Miene um, dass die Bediensteten zitterten. In meiner Gegenwart jedoch wechselten sie keinen Blick miteinander, nahmen vielmehr meine Befehle unterwürfig entgegen, führten mich in ein besonderes Zimmer und brachten mir Schreibzeug. Der in Lebensgefahr befindliche Hyde war ein ganz neues Geschöpf für mich: vor zügelloser Wut bebend – zu jedem Mord bereit –, voll Gier, Schmerzen zu bereiten. Das Geschöpf war aber schlau; es meisterte seine Wut mit großem Willensaufwand, setzte die beiden wichtigen Briefe, einen an Lanyon, einen an Poole, auf, und um den Beweis ihrer

Beförderung in die Hand zu bekommen, befahl es, sie einschreiben zu lassen.

Von da an saß er den ganzen Tag am Feuer in seinem Zimmer und kaute an den Nägeln. Dort speiste er auch, allein mit seinen Ängsten. Der Kellner erbebte sichtlich unter seinen Blicken. – Als es Nacht geworden war, drückte er sich in die Ecke eines geschlossenen Wagens und ließ sich kreuz und quer durch die Straßen der Stadt fahren. Er – ich kann nicht sagen – ich. Diese Ausgeburt der Hölle hatte nichts Menschliches – hatte nichts anderes in sich als Furcht und Hass. Als er schließlich glaubte, der Kutscher könnte Verdacht schöpfen, ließ er den Wagen ziehen und wagte sich zu Fuß – in seiner schlecht sitzenden Kleidung, die ihn zu einer auffallenden Erscheinung machte – in den Strom der nächtlichen Spaziergänger, während die beiden niedrigen Leidenschaften wie ein Sturm in ihm tobten. Er ging schnell – von seiner Angst gehetzt –, sprach vor sich hin, schlich durch die unbelebteren Straßen und zählte die Minuten, die ihn noch von der Mitternacht trennten. Einmal sprach ihn eine Frau an und bot ihm, glaube ich, Streichhölzer an. Er schlug ihr ins Gesicht, und sie entfloh.

Als ich bei Lanyon wieder zu mir kam, ergriff mich das Entsetzen meines alten Freundes vielleicht ein wenig – ich weiß es nicht; jedenfalls war das wie ein Tropfen im Meer, verglichen mit dem Abscheu, mit dem ich auf die letzten Stunden zurückblickte. Eine Verwandlung war mit mir vorgegangen. Es war nicht mehr die Furcht vor dem Galgen, es war das Entsetzen davor, Hyde zu sein, das mich folterte. Lanyons Verdammungsurteil vernahm ich wie im Traum. Wie im Traum ging ich nach Hause und legte mich zu Bett. Mein Schlaf war nach den Erschütterungen des Tages fest und tief, und nicht einmal dem Alpdruck, der mich würgte, gelang es, ihn zu unterbrechen. Ich erwachte am Morgen zitternd, schwach, aber erquickt. Ich hasste und fürchtete immer noch den Gedanken an das Scheusal, das in mir schlummerte, und ich hatte natürlich die fürchterlichen Gefahren des vorhergehenden Tages nicht vergessen. Aber ich war wieder zu Hause, in meinem Hause, in der Nähe meiner Medizin, und Dankbarkeit für mein Entrinnen durchdrang mich fast so stark wie ein Hoffnungsstrahl.

Nach dem Frühstück schlenderte ich gemächlich durch den Hof und atmete mit Genuss die kalte Luft ein, als mich wieder jene unbeschreiblichen Empfindungen überkamen, die die Umwandlung ankündigten. Ich hatte gerade noch Zeit, mich in den Schutz meines Arbeitszimmers zu retten, ehe wiederum Hydes Leidenschaften in mir tobten. Bei dieser Gelegenheit nahm ich die doppelte Dosis zu mir, um wieder ich selbst zu werden, und ach, sechs Stunden später, als ich trübsinnig vor mich hin ins Feuer blickte, überfielen mich die Wehen wieder, und die Medizin war von Neuem nötig. Kurz, von jenem Tage an schien ich nur noch mit Hilfe großer Anstrengung wie Turnübungen und nur durch sofortige Anwendung der Medizin imstande zu sein, Jekylls Züge zu tragen.

Zu allen Stunden des Tages und der Nacht wurde ich von dem unheilverkündenden Schauder erfasst; vor allem wenn ich schlief, ja selbst wenn ich für Sekunden in meinem Stuhl einnickte, erwachte ich immer als Edward Hyde. Unter dem Eindruck dieser beständig über mir schwebenden Gefahr und durch die Schlaflosigkeit, zu der ich mich nun selbst, weit über das Maß des Menschlichen hinaus, verurteilte, wurde ich, was meine eigene Person anbetrifft, zu einem Geschöpf, das, vom Fieber zerfressen und ausgesaugt, an Körper und Geist dahinsiechte und nur von einem Gedanken beseelt war: dem Entsetzen vor meinem anderen Ich. Aber wenn ich schlief oder wenn die Wirkung der Medizin nachließ, konnte ich fast ohne Übergang (denn die Qualen der Umwandlung wurden von Tag zu Tag weniger wahrnehmbar) in den Besitz einer

Phantasie gelangen, die mit Bildern des Schreckens angefüllt war, einer Seele, die vor grundlosem Hass überschäumte, und eines Körpers, der nicht stark genug schien, um so rasende Lebensenergien zu beherbergen. Hydes Kräfte schienen mit der Hinfälligkeit Jekylls gewachsen zu sein. Und der Hass, der die beiden trennte, war jetzt ohne Zweifel gegenseitig.

Für Jekyll war es eine Lebensfrage. Er hatte jetzt die volle Scheußlichkeit dieses Geschöpfes erkannt, das einige Erscheinungen des Bewusstseins mit ihm gemein hatte und mit ihm zusammen dem Tod unterworfen war. Abgesehen von diesen Gemeinsamkeiten, die den ausgeprägtesten Teil seiner Leiden ausmachten, dachte er an Hyde, trotz all seiner Lebensenergie, nicht nur als an etwas Teuflisches, sondern etwas Unorganisches. Das war das Fürchterliche: Dass aus dem Schlamm dieses Abgrundes Stimmen und Schreie zu kommen schienen, dass der formlose Staub sich bewegte und sündigte, dass, was tot war und ohne Gestalt, sich die Äußerungen des Lebens aneignete. Und auch dies, dass dieses aufrührerische Entsetzen ihm enger verbunden war als eine Ehefrau, enger als sein Auge, dass es in seinem Fleisch gefangen lag, wo er hörte, wie es murrte und fühlte, wie es danach rang, geboren zu werden, und in jeder schwachen Stunde, im Vertrauen des Schlummers, Oberhand gewann und ihn aus dem Leben drängte.

Hydes Hass gegen Jekyll war ganz anderer Art. Seine Angst vor dem Galgen veranlasste ihn immer wieder, vorübergehenden Selbstmord zu begehen und in die untergeordnete Stellung eines Teiles zurückzukehren, statt eine selbstständige Persönlichkeit darzustellen. Doch fluchte er der Notwendigkeit, er fluchte der Verzagtheit, die Jekyll jetzt befallen hatte, und er war beleidigt über die Abneigung, mit der er betrachtet wurde. Daher auch die unwürdigen Possen, die er mir spielte, indem er in meiner Handschrift Gotteslästerungen an die Seiten meiner Bücher schrieb, Briefe meines Vaters verbrannte und sein Porträt vernichtete, und wenn er nicht Angst vor dem Tode gehabt hätte, so hätte er sich schon längst zugrunde gerichtet, um mich mitzureißen. Aber seine Liebe zum Leben ist wunderbar; ich gehe sogar weiter: Obgleich mich eine Schwäche befällt und ich zu Eis erstarre beim bloßen Gedanken an ihn, bringe ich es fertig, ihn von Herzen zu bemitleiden, wenn ich mir die Verworfenheit und Leidenschaft seines Hanges zum Leben vergegenwärtige und wenn ich daran denke, wie er sich vor meiner Macht fürchtet, ihn durch Selbstmord auszulöschen.

Es ist sinnlos, und es fehlt mir an Zeit, diesen Bericht auszudehnen. Kein Mensch hat je solche Qualen erduldet, das mag Dir genügen. Und selbst meinen Leiden verlieh die Gewöhnung – wenn auch keine Erleichterung – so doch eine gewisse seelische Unempfindlichkeit, eine gewisse Ergebung in die Verzweiflung. Die Prüfung hätte sich vielleicht über Jahre erstrecken können, wenn mich nicht dies neue Unglück betroffen hätte, das mich endgültig von meinem eigenen Gesicht und Wesen getrennt hat. Mein Vorrat an Salz, der seit dem Zeitpunkt meines ersten Experiments nie erneuert worden war, begann dahinzuschwinden. Ich ließ eine frische Menge kommen und mischte den Trank, die Aufwallung erfolgte und die erste Veränderung in der Farbe, nicht aber die zweite; ich trank – und es war wirkungslos. Du wirst von Poole gehört haben, wie ich ganz London habe durchsuchen lassen – umsonst. Jetzt bin ich überzeugt, dass mein erster Vorrat unrein war und dass es diese unbekannte Unreinheit war, die dem Trank seine Wirkung verlieh.

Fast eine Woche ist vergangen, und ich beschließe meinen Bericht unter der Einwirkung des letzten alten Pulvers. Dies ist nun also – wenn nicht ein Wunder geschieht – das letzte Mal, dass Henry Jekyll seine eigenen Gedanken denken und sein eigenes (jetzt so traurig verändertes) Gesicht im Spiegel sehen kann. Ich darf auch nicht zu lange zögern, meine Aufzeichnungen zu Ende zu bringen; denn wenn mein Bericht bisher der Vernichtung entgangen ist, so habe ich das nur größter Vorsicht und großem Glück zu verdanken.

Sollten mich die Wehen der Verwandlung überfallen, während ich dies schreibe, so würde Hyde es in Stücke reißen. Aber wenn einige Zeit vergangen ist, nachdem ich es beiseite gelegt habe, wird seine wunderbare Selbstsucht und Hingabe an den Augenblick es wahrscheinlich noch einmal vor den Äußerungen seiner affenartigen Bosheit bewahren. Denn tatsächlich hat das Verhängnis, das über uns beide hereinbricht, ihn bereits verwandelt und zerbrochen.

Ich weiß, dass ich in einer halben Stunde, wenn ich mich wieder, und diesmal für immer, in jene verhasste Kreatur verwandle, schaudernd und weinend in meinem Stuhl sitzen werde. Oder ich werde in angespanntester, furchtgepeitschter Erregung, lauschend in diesem Zimmer (meinem letzten irdischen Zufluchtsort) auf und ab gehen und auf jeden drohenden Laut horchen. – Wird Hyde auf dem Schafott sterben? Oder wird er den Mut aufbringen, sich im letzten Augenblick selbst zu befreien? Das weiß nur Gott – ich sorge mich darum nicht. Dieses ist in Wirklichkeit meine Todesstunde, und was nachher kommt, betrifft einen anderen als mich. Und indem ich die Feder niederlege und mein Bekenntnis versiegle, beschließe ich das Leben dieses unglückseligen Henry Jekyll.

~ Ende ~

Dieses Buch gibt es auch als eBook, z.B. im amazon Kindle Bookshop